Francis Bebey · Das Regenkind

P H
V

FRANCIS BEBEY

Das Regenkind

Roman

Aus dem Französischen von Heinrich Raatschen

Peter Hammer Verlag

Titel der Originalausgabe: L'Enfant-Pluie
erschienen bei Editions Sépia, Saint Maur 1994

Die Deutsche Bibliothek · CIP-Einheitsaufnahme

Bebey, Francis:
Das Regenkind : Roman / Francis Bebey, Aus dem Franz. von Heinrich Raatschen – Wuppertal : Hammer, 1997
Einheitssacht.: L'enfant-pluie <dt.>
ISBN 3-87294-742-7

Lektorat: Gudrun Honke
Umschlaggestaltung: Wolf Erlbruch
Satz: Data System, Wuppertal
Druck: EbnerUlm

Francis Bebey · Das Regenkind

1

»Ist der Regen alt?«

Iyo antwortet nicht. Sie ist sehr beschäftigt. Die Brust ihrer neuen Patientin scheint ihr große Sorgen zu bereiten. Sie hört mir kaum zu. Unter den prasselnden Regentropfen trommelt das Dach des Hauses weiter sein eintöniges Lied. Ich tue so, als hätte ich das Schweigen meiner Großmutter nicht gehört. Ich frage noch einmal und noch ein zweites Mal und mache ganz deutlich, daß ich mit niemand anderem als ihr spreche:

»Iyo, ist der Regen alt?«

Die Patientin hat eine enorm große Brust. Fast so groß wie die Schildkröte, die Onkel Edimo mir neulich vom Fischen mitgebracht hat. Aus der Brust läuft schlechte Milch, sobald Iyo mit der Hand darauf drückt. Und sie drückt nicht einmal fest. Die Milch sieht schal aus.

Der Regen trommelt weiter auf unser Dach. Unablässig verkündet die Regenzeit ihre Gegenwart.

Die Milch wechselt mehrmals ihre Farbe. Gerade noch ist sie fast milchig weiß, dann wird sie gelb, dann braun, dann grün. Beim Hinsehen. Und jetzt wird sie wieder weiß wie richtige Milch. Die Patientin sagt nichts. Sie sitzt auf einer geschnitzten Holzbank meiner

Großmutter gegenüber und sieht zu, wie ihre Milch läuft. Ohne Bedauern. Als wäre es gar nicht ihre. Auf jeden Fall hat Iyo ihr gerade erklärt, daß zuerst einmal »die üble Brühe« herauskommen muß. »Das ist nämlich keine Milch. Und dann mache ich dir einen guten Kräutertee, der deine Brüste reinigt. Wenn du hier weggehst, kannst du alle Babys der Erde stillen.«

Meine Großmutter sagt das mit einer Entschiedenheit, die mich keineswegs überrascht. Seitdem ich sie kenne, redet sie so mit allen Frauen, die sie behandelt. Es ist ein Wunder – nach der Behandlung sind die kranken Frauen geheilt, und Monate später kommen sie, die Arme, den Kopf und die Kinder mit Geschenken vollbeladen, zu Iyo. Geheilt und in der Lage, »alle Babys der Erde« an ihrer Brust zu stillen. Letzteres kann ich nicht verstehen. Gewiß, ich weiß noch nicht, ob die Erde sehr groß ist. Aber ich denke mir, daß es sicher viele Babys auf ihr gibt. Darum frage ich mich, wie eine einzige Frau ihnen allen die Brust geben kann. Eine verwirrende Frage. Meine Großmutter verspricht allen kranken Frauen dasselbe. »Du wirst alle Babys der Erde stillen können.« Und einige Monate später kommen sie unweigerlich mit Hühnchen, Enten, kleinen Ziegen, geräucherten Fischen, Jamswurzeln, Bohnen und Kochbananen. Die Liste könnt ihr selbst vervollständigen. Und noch nie habe ich gehört, wie eine von ihnen verkündet hätte, sie hätte tatsächlich alle Babys der Erde gestillt. Im Grunde sagt meine Großmutter diese Dinge vielleicht, ohne selbst an sie zu glauben. Dann ist aber die Gesundung nur noch erstaunlicher.

So ist Iyo immer. Wenn sie auf meine Fragen nicht antwortet, verliere ich mich in endlose Überlegungen ohne rechten Verstand. Schaut sie an. Sie ist eine dicke Großmutter, mit einem schönen ernsten Gesicht voller Altersfalten. Die nichts zum Verschwinden bringen kann. Die ungerührt die glatte Zeit der Stirn und der Wangen durchfurchen. Die Schweiß und Müdigkeit bequem in der leuchtenden Landschaft des Blicks unterbringen und mich in tiefe Gedanken verstricken. Die Zukunft hat keine Wahl – unvermeidlich wird sie eines Tages im Widerschein der vielen Jahre erlöschen, deren Last dieses Gesicht auf sich geladen hat. Die Zukunft hat keine Wahl. Bis in alle Ewigkeit wird sie immer weiter den Traum des Kindes nähren müssen, das auf eben dem Weg groß werden will, auf dem der Greis gestorben ist. Wenn ich groß bin, werde ich ein Erwachsener sein. Wie Papa. Nicht wie Mama, denn man versichert mir, daß ich niemals eine Frau sein werde. Eine Frau, das ist wie Mama. Und Iyo? Sie ist alt und hat viele Patientinnen um sich. Ist sie auch eine Frau? Eines Tages werde ich sie fragen. Doch jetzt muß ich erst einmal darauf bestehen, daß sie mir wegen des Regens antwortet.

»Iyo, ist der Regen ...«

»Aaah nein!« unterbricht sie mich schreiend und vergißt für einen Augenblick die Brust. »Was für ein schreckliches Kind du bist! Du siehst doch, daß ich beschäftigt bin. Sehr beschäftigt sogar. Und du, du löcherst mich dauernd mit Fragen. Ohne Unterlaß. Wer hat dir nur beigebracht, daß Kinder ihre Großmutter ständig bei der Arbeit stören sollen? Frag doch deinen Vater, wenn du ihn eines Tages siehst, frag ihn, ob der Regen alt ist. Wenn er dich dann verprügelt, hast du deine Antwort. Ist der Regen alt ... Ist der Regen alt ... Wie soll ich wissen, ob der Regen alt ist? Ich habe ihn doch nicht zur Welt gebracht. Außerdem bezweifle ich sehr, daß er eine Mutter hat. Welche Frau würde wohl den Regen zur Welt bringen? Selbst wenn sie sehr verrückt wäre? Keine Frau würde solch ein Kind ertragen, das immerzu regnet und regnet.«

»Nicht immer, Iyo! Gestern hat es den ganzen Tag nicht geregnet. Also regnet der Regen nicht immer, nicht wahr?«

»Da siehst du. Wenn es gestern nicht geregnet hat, dann ist der Regen von heute ganz jung!«

»Ach. Warum?«

»Weil ... Weil der Regen, der heute fällt, genau heute geboren wird. Verstehst du?«

Ich schaue Iyo an. Ich betrachte sie genau. Die Antwort, die sie mir da gerade gegeben hat, erlaubt mir kaum, noch weiter zu gehen. Es sei denn, ich erfinde ihr einen Regen, der älter ist als der, der gerade fällt. Wie ist sie nur auf solch eine Antwort gekommen? Ich bin sicher, wenn ich bis zum Dorf meines Vaters gegangen wäre, um ihm die Frage zu stellen, dann hätte er mir nichts derart Überzeugendes gesagt. Iyo weiß viel. Sie ist alt. Und in meiner Vorstellung beginne ich mich an die Idee zu gewöhnen, daß der Regen ebenso alt sein könnte wie sie. Ein Freund aus Kindheitstagen. Der genauso viel weiß wie meine Großmutter. Der es zum Beispiel versteht, die kranken Brüste der Regenfrauen zu heilen. So wie Iyo es kann. Doch die hat mir gerade bewiesen, daß der Regen nicht alt ist. Und für das Gegenteil kann ich keinen Grund anführen. Daher erhebt die Bewunderung in mir ihre Stimme und läßt meine Augen aufleuchten. Meine Großmutter streift mich mit einem kurzen Blick und wendet sich wieder der kranken Brust zu.

Die schlechte Milch läuft immer noch. Die kleine Kalebasse, in die sie läuft, wird bald voll sein. Iyo wird sie in das Loch schütten, das zu diesem Zweck hinter dem Haus ausgehoben wurde. Ohne sich um die Raphiamatte zu kümmern, die als ziemlich wirkungslose Abdeckung darüberliegt, wird der gutmütige Regen die Milch ins Erdreich spülen.

Dann plötzlich ist es an der Patientin, sich zu äußern. Als hätte irgend jemand sie um ihre Meinung gefragt.

»Die Kinder stellen heutzutage vielleicht Fragen!«

Ganz offensichtlich spricht sie von mir. Ich schaue sie an. Ich betrachte sie aufmerksam und bin ganz erstaunt, sie über etwas anderes sprechen zu hören als über ihre kranke Brust mit der pickeligen Brustwarze. Sie ist jung. Und trotz der Brustwarze schön. Sie ist sehr schwarz. Schwärzer als meine Großmutter, wie sie da im Tageslicht steht. Wir drei sind auf der Veranda. Wißt ihr, was eine Veranda ist? Iyo und die Patientin sitzen sich auf geschnitzten Holzbänken gegenüber. Ich selbst spiele Hin- und Herrennen. Ab und zu bleibe ich kurz stehen, um Iyo etwas zu fragen. Und weine grundlos, wenn ich nicht beachtet werde. Die Veranda läuft die gesamte Vorderseite des Hauses entlang und ist von einem Mäuerchen, kaum höher als ich, umgeben. Außer an der Eingangstür genau in der Mitte. Das Mäuerchen hindert den Regen, der sich auf dem Dach und in den Regenrinnen sammelt, daran, auf die Veranda zu laufen.

Von dort, wo wir uns befinden, sehe ich ohne Mühe den grauen Himmel. Während der Regenzeit ist er grau in Duala. Woher kommt all der Regen, frage ich mich. Er fällt vom Himmel, das sieht man. Trotzdem, wenn ich den Himmel anschaue, sehe ich dort keinen einzigen

Regentropfen. Noch ein Geheimnis, das meine Großmutter mir vielleicht eines Tages erklären wird. Eines Tages. Ich werde warten, bis sie die Bemerkung ihrer heutigen Patientin ganz verdaut und vergessen hat. »Die Kinder stellen heutzutage vielleicht Fragen!«

Ich weiß nicht – wie waren denn die Fragen der Kinder früher? Waren sie eher gerade? Oder mehr krumm? Waren sie furchtsam, oder waren sie unverschämt? Hatten sie eine besondere Farbe? Ich weiß es nicht. Aber offenbar waren sie anders als die Fragen, die Kinder heute stellen. Macht nichts, sage ich mir. Ich muß der kranken Frau ja nicht antworten. Im übrigen war meine Frage nach dem Regen nicht an sie gerichtet. Warum also möchte sie unbedingt ihre Meinung dazu sagen? Sie müßte wissen, daß Iyo meine Großmutter ist, nicht ihre. Patientinnen gehören nicht zur Familie. Das sind Frauen, die von weit her kommen. Von sehr weit her. Ich weiß nicht, was das bedeuten soll, aber so hat man es mir gesagt. Von sehr weit her, das heißt aus einem anderen Land, das ich nicht einmal kenne. Warum also stopft sie dann ihre Bemerkungen in ein Gespräch zwischen Iyo und mir? »Die Kinder von heute ...« Als wäre ich heute geboren. Für einen Augenblick höre ich auf zu spielen. Ich bleibe stehen, um sie aus der Nähe genauer anzuschauen, als ich es bisher getan habe.

Ein sehr schönes schwarzes Gesicht, die Oberfläche ganz von einem verborgenen Lächeln bewohnt, das allen gut tut, die es entdecken oder auch nur dort vermuten. In meinem Alter hat mir noch niemand vom Lächeln erzählt, und von der stillen Schönheit, die es hervorruft. Ganz von selbst habe ich verstanden, daß immer etwas Schönes und sogar Wunderbares geschieht, wenn ein

Lächeln ein Gesicht oder ein Gespräch erleuchtet. Auf jeden Fall habe ich noch nie gesehen oder gehört, daß zwei lächelnde Münder sich streiten. Kürzlich, als an einem Sommernachmittag die Sonne hoch am Himmel stand, sagten auf dem Dorfplatz zwei Frauen laut schreiend Wörter zueinander, die meine Großmutter Beleidigungen nennt. Das Ereignis hatte viele Menschen auf den Platz gerufen. Menschen, die jeden bösen Satz, den sie hörten, fröhlich lachend kommentierten. Nicht die geringste Spur eines Lächelns war im Blick der beiden Frauen. Ach, wenn sie so schöne Gesichter wie die Patientin meiner Großmutter hätten haben können, dann hätten sie sich mit ihrem Streit und ihren … ihren … ihren Beleidigungen sicher nicht derart zur Schau gestellt. Ich richte all meine Aufmerksamkeit auf unsere Kranke. Ganz von ihr erobert, frage ich sie schließlich:

»Wie heißt du?«

»Ekalé«, antwortet sie.

»Sie ist meine Namensschwester«, knüpft meine Großmutter an. »Ja. Sie heißt Ekalé, genau wie ich.«

»Aber du«, erwidere ich ohne Umschweife, »du heißt doch gar nicht Ekalé. Du heißt Iyo, nicht Ekalé!«

Ekalé, das heißt in unserer Sprache »Maske«. Die beiden lachen schallend. Dabei verliert Iyo für einen Augenblick die Kontrolle über die kranke Brust. Ein wenig schlechte Milch spritzt aus dem Gefäß, das die Heilerin in einer Hand hält.

»Hilfe, Muana! Bring mich nicht zum Lachen, während ich arbeite.«

Das sagt meine Großmutter. Und mit dem Rücken der linken Hand wischt sie sich über Stirn und Augen, die – sie hat Tränen gelacht – ganz naß sind.

»Muana, weißt du denn nicht, daß zwei Menschen denselben Namen tragen können? Und daß man mehrere Namen haben kann? Ich heiße Ekalé, das ist mein richtiger Name. Du sagst Iyo zu mir, weil ich deine Großmutter bin. Aber andere Leute nennen mich nicht so, denn ich bin nicht ihre Großmutter. Sie reden mich mit meinem richtigen Namen an, und der ist Ekalé. Und andere Frauen können genauso Ekalé heißen wie ich. Verstehst du?«

Das ist für mich eine Offenbarung.

»Aber …«, sage ich stotternd, »ich kann doch zu ihr nicht Iyo sagen, so wie zu dir!«

»Nein, das wäre nicht richtig. Sie ist noch nicht alt genug, um deine Großmutter zu sein.«

»Und wenn sie alt ist, kann ich sie dann Iyo nennen, so wie dich?«

»Ach, weißt du, wenn sie alt ist, bist du kein Kind mehr. Du wirst dann selbst sehen, wie du sie nennst. Du wirst es selbst entscheiden.«

»Aber«, mischt die Patientin sich ein, »wer weiß, ob er mich überhaupt noch erkennt, wenn er groß ist. Ich werde mich sehr verändert haben, und er auch. Wir werden uns auf der Straße begegnen, und keiner von uns wird wissen, wer der andere ist.«

»Sag das nicht, Namensschwester«, antwortet meine Großmutter. »Du weißt, daß die Kinder heutzutage sehr schnell erwachsen werden. All der Regen fällt nicht umsonst. Er begießt die Jahre, damit die Kleinen wachsen. Er schickt mit voller Geschwindigkeit eine Regenzeit nach der anderen. Mit voller Geschwindigkeit. Darum werden die Kinder schnell zu Männern. Und heute viel schneller als früher. Ich sage dir, der Regen, all der Regen, der herunterfällt, kommt nicht umsonst.«

Ich bin verblüfft. Ich weiß nicht, was ich sagen soll.

Iyo sieht, wie erstaunt ich über die Dinge des Lebens bin, die sie so gut versteht und die ich noch lernen muß.

* * *

Der Regen? Er ist ein Fest. Spitzt die Ohren, und ihr hört, wie er überall im Dorf besungen wird. Denn gerade jetzt sind Dutzende kleiner Jungen nackt aus ihren Häusern gekommen und feiern ihn auf den Plätzen, bald hier, bald dort, mit Liedern und Tänzen. Sie kommen zu euch, die Hände im Rhythmus des Regens, die Körper tropfend naß, die Nase weit geöffnet, um zwischen den dicht vom Himmel fallenden Tropfen ein wenig Luft zu finden, mit glücklichem Herzen und in der unschuldigen Überzeugung, sie selbst seien es, die den Regen fallen lassen. Sie tanzen und tanzen und singen einen Refrain, den sie viele Minuten lang wiederholen: »Sassa mbuwa jokèlè, Sôlé, Sôlé. Sassa mbuwa jokèlè, Sôlé, Sôlé.« Dann laufen sie fort, immer noch singend, und führen ihre Nummer auf einem anderen Platz des Dorfes vor.

Der Regen? Spitzt doch die Ohren, und ihr hört ihn den grauen Himmel preisen. Er ist so mächtig, daß er sogar die Sonne auslöscht. Und wißt ihr, was hinter den wolkigen Wolken ist? Wer von euch kann es mir sagen? »Mich«, sagt das Lied, »mich schaust du an. Ich gebe zu, ich gebe zu, mein Bruder, daß ich noch nie im Land der Wolken war. Aber der Regen, der Regen fällt nicht von allein. Er fällt, mein Bruder, er fällt, fällt, fällt im Bantuland dank deines Bruders, dem Sohn des Regens. Ich, ich lasse den Regen fallen für euch, Kinder des Bantulandes. Soll er kräftig fallen, soll er fruchtbar auf die fröhlichen

Lieder und die nackten Tänze aller Kinder des Bantulandes fallen, aller Kinder in Djedu, unserem schönen Dorf.«

Das ist der hundertmal bis fast zur Eintönigkeit wiederholte Refrain. Was soll ich sagen? Auch der Regen ist eintönig. Auf seine Weise. Im Grunde lieben wir ihn vielleicht genau deswegen. Seit langem. Immer schon. Nein, meine Großmutter ist nicht so alt wie der Regen. Sonst würde auch sie ständig über Duala regnen. Als eintöniger Regen. Ich weiß nicht, vielleicht würde ich sie dafür noch mehr lieben. Auf jeden Fall regnet Iyo nicht. Und seitdem ich sie kenne, habe ich sie auch nur ein einziges Mal weinen sehen. Als mein Großvater starb. An jenem Tag hat mich das Leben völlig verwirrt. Meine Großmutter weinen sehen! Ich habe Maa Frida, meine Mutter, gefragt, ob sie glaubt, daß Iyo darüber das Schwarze in ihren Augen verlieren würde. Meine Mutter hat ein lautes »Oh!« ausgestoßen, aus Verblüffung oder Überraschung oder einfach aus einer Traurigkeit, die durch meine unschuldige Frage gelindert wurde. Doch sie hat mir nicht geantwortet. Daher habe ich einige Tage nach der Beerdigung meines Großvaters abwarten müssen, bis ich selbst feststellen konnte, daß das Weinen das Schwarze in den Augen meiner Großmutter nicht verschwinden läßt. So spricht das vorzeitig wissende Herz. Ganz als wenn meine Mutter mir geantwortet hätte: »Nein, schau, jeder weiß, daß das Weinen dem Schwarzen in den Augen überhaupt nicht schadet.« Aber auch solche Worte wären vergeblich gewesen. Sie hätten mich nicht davon abgehalten, einige Tage abzuwarten, um nachzuprüfen, ob Tränen den Augen tatsächlich keinen Schaden zufügen.

Der Regen spitzt die Ohren und hört meine Überlegungen über sein Alter, über sein graues Licht, über das lärmende Wasserfest der dicht fallenden Tropfen, über die Willkommenslieder, die ihm dort hinten, am anderen Ende des Dorfes Kinder singen, die älter als ich, nackt und überglücklich sind.

»Ich dachte, sie sind in der Schule und lernen das ABCD!« sagt meine Großmutter erstaunt, als sie die Kinder hört.

»Ich vermute«, sagt die Patientin besonnen, »daß der Lehrer ihnen erlaubt hat, während der Pause hinauszulaufen und zu spielen.«

»Sie können spielen, soviel sie wollen, wenn es Zeit zum Spielen ist«, meint Iyo. »Aber danach müssen sie Lesen und Schreiben lernen.«

»Was ist *Lesen-und-schreiben*?«

Das habe ich gefragt. Iyo dreht sich zu mir um und erkundigt sich:

»Hast du noch nie ein Buch gesehen?«

»Nein.«

»Lügner. Hast du nie gesehen, wie dein Vater die Bibel liest? Das schwarze Ding mit dem roten Rand und den Seiten, die man umblättert?«

»Doch, aber er hat mir nicht gesagt, daß das ein Buch war. Er hat nur gesagt, daß das die Geschichte vom Himmel und der Erde ist. Mit vielen Menschen drin. Der Herrscher des Landes ist ein sehr großer König. Alle Menschen haben Respekt vor ihm, weil er der Klügste von allen ist. Und er hat Pferde und Schätze und noch mehr Schätze. Da besucht ihn eine Frau mit ihrem Kind und sagt: ›Das ist mein Kind.‹ Und eine andere Frau besucht ihn und sagt auch: ›Das ist mein Kind.‹ Aber sie hat gar kein Kind. Darum sagt der König zu ihr: ›Geh fort, du bist nicht mit deinem Kind gekommen, also ist es nicht deines. Was du sagst, ist nicht wahr. Geh fort.‹ Da klatschen alle, weil der König gerecht ist. Keiner kann ihn betrügen, denn er ist zu klug. Stimmt das, Iyo?«

»Hat dein Vater das in der Bibel gelesen?«

»Ich weiß nicht. Das ist jedenfalls, was er mir erzählt hat.«

»Wenn er dir das erzählt hat, dann ist es das, was er gelesen hat. Siehst du? Jetzt weißt du, was lesen ist.«

Iyo spricht im Ton eines regelrechten Sieges.

Ich denke nach. Das alles scheint mir ziemlich kompliziert. Ich wage noch eine Frage zu stellen:

»Und was ist dann *schreiben*?«

»Schreiben«, sagt meine Großmutter, »heißt Geschichten in Bücher hineintun. Und wenn du zu Ende geschrieben hast, kommt jemand anders, nimmt dein Buch und liest, was du geschrieben hast.«

Iyo scheint sich ihrer selbst sehr sicher. Ich frage sie:

»Schreiben ist also, wenn man Geschichten in die Bibel hineintut?«

»Wenn du so willst, ja«, antwortet sie mir.

»Und die Geschichten«, sage ich, »die du mir abends erzählst, wenn ich einschlafe, kannst du die in die Bibel hineintun?«

Die beiden Frauen lachen schallend. Dieses Kind! Eines Tages bringt uns dieses Kind mit all seinen Fragen noch um! Nach allem fragt es, als wäre es schon erwachsen! Sie lachen aus vollem Halse. Schließlich macht Iyo sich die Mühe zu antworten.

»Muana, du fragst, ob ich auch Geschichten in Bücher hineintue? Ich, wie ich hier vor dir stehe – kann ich denn überhaupt schreiben?«

Und wieder lacht sie aus vollem Halse, zusammen mit ihrer Namensschwester, der Patientin. Dann erklärt sie es mir, damit ich es verstehe:

»Schreiben, das ist für Leute, die zur Schule gehen, und nicht für alte Leute wie mich. Du wirst schreiben können, denn irgendwann wirst du zur Schule gehen und lernen, wie man Geschichten in Bücher hineintut.«

Mit diesen Worten dreht sie sich ganz zu mir um und läßt für einen Augenblick von ihrer Patientin ab. Sie nimmt mich in ihre Arme, streichelt mir die Haare und singt ein kleines Lied: »Muana, Muana, willst du, daß deine Großmutter sich totlacht? Muana, deine Großmutter kann nicht lesen. Deine alte Großmutter kann nicht schreiben. Aber du, Muana, Muana, du wirst lesen und schreiben können. Wie die Weißen aus dem Westen. Und noch besser als die Menschen aus dem Land, in dem die Sonne untergeht. Aber vergiß mich nicht, Muana, wenn du sehend geworden bist. Denn wo du auch hingehst, Muana, wo du auch hingehst, ich bin immer deine alte Großmutter, die dich liebt. Muana-ô, Muana-ô, mein Muana. Muana-ô, Muana-ô, mein Muana. Deine alte Großmutter, die dich liebt. Muana-ô, Muana-ô, mein Muana.«

Ein improvisiertes Lied an einem regnerischen Vormittag. Eine unauslöschliche Erinnerung. Es trägt alle Liebe der Erde in wenigen Sätzen. Hätte ich ein unzerstörbares Glas, ich würde bis zum Rand diese Klänge hineinfüllen, die das Glück vorhersagen, als wäre das gar nichts. Seit jenem Vormittag höre ich Iyos Stimme jeden Tag. Während meiner ganzen langen Reise durch die Welt. Durch Völker und Ideen, auf ewig mitten in einer unter tausendfachem Unrecht leidenden Zeit. Jeden Tag meines Lebens. Die sanfte Stimme der Wahrheit. Ein Licht, das das Herz überschwemmt und mit dem Regenkind wächst. Ein Licht, das Hindernisse und Rassen und Traditionen, den Aberglauben, die bösen Absichten und den eitlen Hochmut der Macht durchdringt. Morgen werde ich meine Nasenlöcher ganz weit aufgesperrt in den von fernen Meeren kommenden Wind der Bildung stellen. Für die Emanzipation der auf dem Weg des Fortschritts zurückgebliebenen Menschengeschlechter werde ich riesige Mengen Wissenschaft und Dreck verschlingen. Aus Leibeskräften werde ich mein idiotisches Wissen herausbrüllen, das mich angeblich besser leben läßt, während die meinen schon alle gestorben sind. Ich werde der erstaunten Welt sagen, daß ich glücklich bin, weil ich *lesen-und-schreiben* und Geschichten in die hohle Bibel einer erstarrten Kultur hineintun kann. Und weil ich gepflegte Romane schreiben kann, wenn ich »unverdrossen und mit Weile« eile und »auf den Webstuhl stets das Werk aufs neue« spanne. Man wird mich für einen respektablen Menschen halten. Doch mein Platz in einer auf Arbeit, Angst, Unglück und sinnloser Gewalt gegründeten Gesellschaft wird null und nichtig sein, wenn ich nur für einen Augenblick dein Lied vergesse, das frisch wie eine reife Mango ist, oh Mutter meiner Mutter, Land meiner Seele.

2

Der Regen wird schwächer und hört schließlich auf. Schon bald ist er ganz von der Sonne verdrängt, auf die wenige Minuten zuvor noch keiner gehofft hätte. So ist Duala. Tränen und Lachen wechseln einander ab. Ohne daß man wüßte weshalb. Zum Glück sind die Menschen und der im Nebel verborgene Kamerun-Berg dort hinten, weit jenseits des anderen Flußufers, nicht so veränderlich wie das Wetter. Sie leben lange, geduldige und freudige Jahre, die selbst dann nicht brechen, wenn die Stunde einer Krankheit oder einer Beerdigung kommt. Kräftige Jahre voller Leben und Hoffnung, dank dem fröhlichen Rhythmus der Klänge und Trommeln, der klaren und der dumpfen Takte, deren Duft die Stadtluft überallhin trägt. Überallhin. Bis zu meiner Großmutter, hier nach Djedu, diesem Stadtteil ganz am Rande der Stadt. Unserem »Dorf«.

»Genug für heute«, sagt Iyo schließlich zu der jungen Frau. »Wie fühlst du dich?«

»Ich fühle mich ganz leicht.«

»Du weißt, daß du mit all der schlechten Milch, die ich aus deiner kranken Brust herausgeholt habe, Gewicht verloren hast?«

»Ich habe es mir gedacht. Und ich fühle mich gut. Stimmt, ich fühle mich leicht. Ganz leicht.«

Iyo geht, um die verdorbene Milch in das Loch zu schütten, das zu diesem Zweck hinter dem Haus gegraben worden ist. Ich will ihr folgen.

»Geh, Muana, es ist nicht gut, wenn du so unreine Dinge anschaust«, sagt sie. »Nein, du brauchst so etwas nicht zu sehen.«

Ich bin hartnäckig: »Iyo, weißt du, daß ich solche Sachen vielleicht eines Tages doch sehen werde? Stell dir vor, ich habe auch einmal eine kranke Brust, und ich komme dich besuchen, damit du mich behandelst.«

»Aber nein, Muana, du wirst niemals eine kranke Brust haben. Du bist doch keine Frau! Du wirst ein Mann sein, wenn du groß bist!«

»Ach! Ich werde ein Mann sein, wenn ich groß bin? Und was bin ich jetzt?«

Sie lacht ein bißchen und sagt:

»Muana, du bist ein Kind!«

Mit diesem Lachen begreife ich, daß Kinder weder Männer noch Frauen sind. Sie sind nur Kinder. Also begleite ich meine Großmutter nicht. Ich bleibe in einigem Abstand und wage nicht, näher zu kommen. Dennoch würde ich sehr gerne das Ende von Ekalés schlechter Milch miterleben. Ich habe das Gefühl, wenn ich diesen letzten Schritt im Leben der unreinen Milch sähe, dann würde das die junge Frau sofort heilen.

Ekalé. Unwillkürlich sehe ich sie, wie sie damals vor mir saß. Ich sage mir: Wie schön sie ist! Eigentlich weiß ich noch gar nicht, ob sie wirklich schön ist. Aber instinktiv sagt mir etwas in meinem Kopf, meinem Herzen oder in irgendeinem anderen Teil meines Körpers, daß sie schöner als die meisten Menschen ist, die ich im Leben treffen werde.

Während ich auf die Rückkehr meiner Großmutter warte, fesselt plötzlich etwas anderes meine Aufmerksamkeit. Ein neuer Klang ist in unser Dorf gekommen. Er kommt aus Onkel Tokos Haus. Vor einigen Wochen hat er ein neues Instrument bekommen, das er »in Europa bestellt« hat und wie es bei uns noch nie zuvor gesehen wurde. Dieses Instrument erinnert an eine dicke lange Pfeife aus blinkendem Metall. Es ist sehr schön und hat einen Körper mit vielen Knöpfen und Löchern. Onkel Toko hat uns den Namen gesagt, aber wir haben Mühe, ihn uns zu merken. Später, sehr viel später im Leben werde ich lernen, daß das ein Saxophon ist, und ich werde es nicht mehr vergessen. Es hat einen Klang, den niemand von uns kennt. Man sagt auch, daß kein anderer Einwohner unseres Landes ein ähnliches Instrument besitzt. Und seine Schönheit hat uns alle verzaubert, uns alle.

Als ich diesen Klang höre, vergesse ich Iyo und ihre verdorbene Milch völlig und laufe zu Onkel Tokos Haus. Es steht genau gegenüber und schaut wie Iyos Haus auf einen großen Lehmplatz, um den herum noch andere Häuser stehen. Der freie Platz in der Mitte gehört allen und niemandem.

Die ganze Stadt bewundert Onkel Toko. Alle in Duala kennen und schätzen seine musikalischen Fähigkeiten. Er leitet die angesehenste Blechmusikkapelle des Landes. Das ist die der Akwa, unseres Volkes. Er führt die Kapelle und spielt die Trompete »wie sonst niemand«. Das behaupten die Erwachsenen. Die Erwachsenen haben gute Ohren. Sie hören für sich selbst und für die kleinen Kinder, die die Musik sehr lieben und sich die Meinung der Großen über die Musiker gern zu eigen machen. Und nun lernt Onkel Toko Saxophon spielen. Ganz allein, mit Hilfe einer Anleitung, deren Noten und Erklärungen er lesen kann. Ganz allein. Wir staunen darüber. Selbst in meinem Alter weiß ich, daß man ihn bewundern muß. Darum bewundere ich ihn mit der ganzen Bewunderung eines kleinen Jungen. Ich bin begeistert von dieser Kunst, die unsichtbare und unberührbare, aber in meinen Ohren doch so gegenwärtige Klänge schafft. Wir alle bewundern ihn, denn obwohl er noch nicht wirklich spielen kann, wie er selbst zugibt, holt er doch aus seinem Instrument schon Töne hervor, die uns verführen und schnell vertraut werden. Onkel Toko ist für uns ein Genie. Das ist die Meinung der Erwachsenen. Darum ist es auch unsere Meinung, die der kleinen Jungen des Viertels und der ganzen Stadt.

Ich gelange zu Onkel Tokos Haus und will hineingehen. Sein Sohn Yango stellt sich wie ein unüberwindbares Hindernis vor mich hin.

»Was willst du hier?«

»Ich will hören, was Onkel Toko spielt …«

»Ach was! Du weißt, daß das nicht dein Vater ist, der da spielt. Das ist mein Vater. Also verschwinde hier. Keiner will dich hier.«

Ich fühle mich gedemütigt. Warum ist Yango so zu mir? Warum ist er so aggressiv, so böse? Sicher, seine und meine Eltern verstehen sich nicht immer, aber ich selbst habe ihm nichts getan, und das weiß er genau. Warum also hindert er mich daran, der Musik zuzuhören, die sein Vater spielt?

Yango ist schon ein Jugendlicher. Viel größer als ich. Er trägt eine kurze khakifarbene Hose und ein Hemd aus blaßrosa Popeline. Sicher, er geht noch barfuß wie alle Kinder im Dorf. Und er hat auch einen Klumpfuß, darum kann er nicht so schnell und so gut rennen wie seine Spielkameraden. Aber was für eine Erscheinung, wenn man diese Nebensächlichkeiten wegläßt! Neben ihm fühle ich mich mit meinem roten Höschen als einziger Bekleidung ganz erbärmlich. Yango mißbraucht seine Überlegenheit, um mir Befehle zu geben. Er will nicht einmal, daß ich zuschaue, wie sein Vater Saxophon spielt. Darüber bin ich sehr traurig. Nach und nach verwandelt sich meine Traurigkeit in innere Wut, und aus meiner Nase läuft ein riesiger Rotz, den ich meinem Nachbarn gerne ins Gesicht klatschen würde. Kaum habe ich Zeit, den Rotz wegzuwischen, als ich Yangos Zorn ausweichen muß. Er kommt auf mich zu und flüstert mir etwas ins Ohr, das er sehr wahrscheinlich für eine Beleidigung hält. Eine von der Art, die man aus Angst, daß irgendein Erwachsener sie hört, nicht laut sagt.

»Rotznase, weißt du eigentlich, daß du aussiehst wie das Regenkind? Verschwinde hier!« schreit er mir ins Ohr. »Hau ab! Verschwinde!«

Er hat so laut geschrien, daß ich ganz durcheinander bin. Ich renne weg und laufe weinend zu meiner Großmutter. Ich frage sie:

»Iyo, was ist ein ›Regenkind‹?«

»Das hat dir bestimmt wieder Yango, dieser Dummkopf, gesagt, stimmt's, mein Kleiner?«

»Ja, Yango hat das zu mir gesagt.«

»Wisch dir die Tränen ab. Weine nicht. Weine nicht,

du weißt doch, daß ich da bin. Wisch dir die Tränen ab, Muana. Weine nicht.«

Ekalé ist in ihr Haus zurückgegangen, etwas weiter, an einer Ecke des großen Platzes. Um so besser, denn so, wie ich sie seit einigen Tagen sehe, will ich nicht, daß sie mich je wieder weinen sieht. Den Grund für dieses Gefühl kindlichen Stolzes kenne ich nicht, aber mit oder ohne Erklärung – so ist es. Allein Iyo soll mich trösten. Doch plötzlich ist eine andere Stimme zu hören. Sie kommt aus einem der Zimmer in Großmutters Haus. Es ist die Stimme meiner Mutter. Seit einigen Tagen liegt sie im Bett. Sie ist sehr krank. Sie hat geschlafen. Und meine Tränen haben sie geweckt.

»Ach … Dieser Yango. Wer bringt ihn nur auf solche Sachen«, seufzt sie.

Iyo hört meine Mutter und greift sogleich ein:

»Sprich nicht, Frida, sprich nicht! Streng dich nicht an! Du weißt doch, wenn du anfängst zu sprechen, dann weckst du wieder die schrecklichen Schmerzen auf, die dir mit ihren gewaltigen Haifischzähnen den Bauch und den Magen zerbeißen.«

Während Iyo das alles sagt, läuft sie eilig zu dem Zimmer, in dem meine Mutter liegt. Dann murmelt sie ganz, ganz leise: »Mein Mädchen, beruhige dich. Sprich nicht. Ich bringe das allein in Ordnung. Beruhige dich. Ruh dich aus.«

Ich bin Iyo in das Zimmer meiner Mutter gefolgt.

Es ist ein dunkler, fensterloser Raum. Das einzige Licht darin haben wir von draußen mitgebracht, als wir die Tür öffneten. Meine Mutter bemerkt mich und sagt:

»Komm her, Muana. Komm zu mir. Komm, hab keine Angst. Noch bin ich nicht gestorben.«

Dann bricht sie in Tränen aus. Ich verstehe nicht, was geschieht. Warum weint Maa Frida? Warum sagt sie, daß sie noch nicht gestorben ist? Sicher, man sagt, daß sie sehr krank ist. Aber warum sollte sie sterben? Ich verstehe das nicht. Etwas zögernd gehe ich näher. Ich spüre, wie ihr Blick sich mit einer Zärtlichkeit auf mich legt, die ich nie vergessen werde. Gesehen habe ich den Blick nicht, ich habe ihn nur gespürt.

»Setz dich hierhin, nah zu mir.«

Ich setze mich auf die Kante ihres Bettes. Da geschieht ein Wunder. Das Zimmer ist nicht mehr so finster wie anfangs. Meine Augen haben sich an die Dunkelheit gewöhnt. Auch sind in den Raphiawänden hier und dort kleine Löcher, die ein wenig Licht hereinlassen. Ich sehe meine Mutter jetzt sehr deutlich auf ihrem Bett liegen. Ein Bett aus hartem Bambus, darauf nur eine Matte aus geflochtenen Palmblättern. Ein weißes Kopfkissen und eine graue Bettdecke mit roten Streifen am Rand ergänzen die Ausstattung.

»Du darfst nicht weinen«, sagt meine Mutter wieder und streichelt mir mit einer Hand den Kopf. »Yango«, erklärt sie weiter, »ist fast taubstumm. Deshalb sagt er lauter Dummheiten, wenn er redet. Nennt dich ›Regenkind‹! Muß er denn so …«

»Aber was ist ein ›Regenkind‹?« unterbreche ich sie.

Iyo greift ein: »Muana, laß deine Mutter in Ruhe. Laß sie schlafen und sich ausruhen. Komm, ich erzähle dir die Geschichte des Regenkindes. Komm mit mir.«

Wir gehen aus dem Zimmer, und Iyo schließt die Tür. Wir beide setzen uns wieder auf die Veranda. Von dort höre ich deutlich Onkel Tokos Saxophon. Doch im Augenblick beschäftigt mich etwas ganz anderes.

»Was ist ein ›Regenkind‹?« frage ich wieder.

»Ach, Muana, ich werde es dir erzählen. Warte ein bißchen.«

»Und worauf soll ich warten?«

»Muana, die Geschichte des Regenkindes ist wie ein Märchen. Wie wenn ich dir manchmal sage: ›Sperr deine Ohren auf, mach sie weit auf und hör die Geschichte von der Schildkröte und dem Leoparden, die wilde Mangos stahlen.‹ Dann antwortest du: ›Ich bin bereit. Meine Ohren sind ganz offen. Sie hören zu. Sie hören deine Geschichte.‹ Nun, und du weißt, daß man solche Dinge nicht am hellichten Tag erzählen darf. Also warte bis heute abend. Wenn die Nacht kommt, wird mein Mund sich öffnen. Und deine Ohren auch. Dann wirst du die Geschichte des Regenkindes erfahren.«

Der Abend erzählt die Geschichten, und die Nacht erneuert sie. Nicht meine Großmutter erzählt die Geschichten. Sie verknüpft für mich nur deren Abenteuer zu endlosen Windungen. Mit ihrer sanften Stimme. Sanft wie eine träumende Nacht. Wie eine Märchenharfe, die ihre uralten Töne erklingen läßt, wenn der Schlaf sich nähert und selbst der Erwachsene wieder zum Kind wird, um freudig den kaum faßbaren Verknüpfungen der Einbildung zu folgen. Der Abend erzählt die Geschichten. Denn nur die Nacht entfaltet ihren ganzen Klang. Friedvolle Stunde, in der Visionen Gestalt annehmen und die Welt neu erfunden wird. Worte treten aus der erstarrten Erinnerung, erheben sich und beginnen im Strom der Erzählung zu sprechen und zu singen, sie tanzen und leben, umgeben von Geistern, die nur im schwarzen Licht der Nacht zwischen den Worten sichtbar werden.

3

»Muana, jetzt beginnt die Geschichte wirklich«, sagt Iyo endlich.

Das sehe und spüre ich, denn die Nacht hüllt jetzt alles ein. Hebt also die Augen in den Himmel. Da oben, ganz hoch da oben schauen furchtsam einige Sterne hinter dem runden weißen Mond hervor. Er ist rund und dick, als hätte er viel gegessen. Wenn er so aussieht, werden die Worte des Märchens wie Honig sein.

»Niko kommt vom Regenkind her.«

»Geht er auch wieder zu ihm zurück?«

»Nein, Muana. Wenn ich ›herkommen‹ sage, dann meine ich, das Regenkind hat ihn gewissermaßen zur Welt gebracht. Es war sein Großvater.«

»Niko?«

»Nein. Das Regenkind war Nikos Großvater. Das will ich damit sagen. Weißt du, Niko gehört nicht zu uns. Er gehört nicht zu unserem Volk.«

»Und woher kommt er?«

»Er ist hier geboren. Aber er kommt von weit her durch seinen Großvater, der von sehr weit her kam. Nie haben wir gewußt, aus welchem Land. Eines Tages erschien er im Dorf, einfach so. Niemand wußte, wer er war, was er da tat, wie er da hingekommen war, wie er hieß oder welche Sprache er sprach. Nichts.«

»Ist das das Märchen, Iyo?«

»Du wolltest doch, daß ich dir die Geschichte des Regenkindes erzähle, das wolltest du doch, oder?«

»Ja, Iyo, erzähl! Dann ist das also Nikos Großvater? Der Großvater von …«

»Ja, das ist er. Und dann auch wieder nicht. Du wirst es bald verstehen.«

»Und wo ist er jetzt?«

»Er ist vor langer Zeit gestorben, Muana.«

»Warum?«

»Weil er nicht ewig leben konnte. Er war wie alle Menschen, weißt du? Niemand kann immer und ewig leben, so als hätten die Tage kein Ende, weißt du?«

»Ich bin sicher, du kannst immer und ewig leben. Du wirst nicht sterben, so wie die anderen. Weil du nicht so alt wie der Regen bist. Stimmt's, Iyo? Du wirst ewig leben?«

»Ich werde es versuchen, Muana. Wenn du willst, daß ich nicht sterbe, dann werde ich versuchen, ewig zu leben. Und du mit mir, ja?«

»Ja. Und Maa Frida auch.«

»Ach, die Ärmste. Du weißt doch, wie krank sie ist. Wie kann sie da ewig leben? Ach, Frida, Frida, mein Mädchen …«

Iyo stößt einen schweren Seufzer aus. Ich suche ihren Blick. Ihre Augen haben die Farbe der Dunkelheit. Ich wüßte gerne, wozu solch ein Seufzer nützlich ist. Wenn meine Großmutter von Maa Frida spricht, endet das immer mit einem schweren Seufzer. Ich weiß nicht, was dieser Seufzer bedeuten soll. Ich denke einen Augenblick darüber nach und frage dann Iyo: »Kannst du sie nicht gesund machen?«

»Ach, Muana, wenn ich das könnte ...«

Stimmt, ich habe meine Großmutter immer nur Frauenbrüste heilen sehen. In der kurzen Stille, die ihrer Antwort folgt, sehe ich wieder die Szene mit Ekalé. Es würde mir nicht gefallen, wenn statt ihrer Maa Frida die Patientin wäre. Denn Maa Frida ist meine Mutter. Aber warum kann Iyo sie nicht gesund machen? Das alles finde ich ziemlich seltsam.

»Die Dunkelheit wird uns die Augen schließen, wenn ich nichts gegen sie unternehme«, sagt sie schließlich.

Sie erhebt sich und holt aus einem Zimmer nebenan eine Sturmlampe, die sie anzündet und auf den Tisch stellt. Dann setzt sie sich wieder neben mich. Ich kann sie jetzt gut sehen. In dem elfenbeinfarbenen Licht kehrt das wohlwollende Lächeln in die Falten ihres Gesichts zurück. Und das Weiß ihrer Haare beruhigt sich. Welch ein Zauber!

»Das Regenkind kam von sehr weit her. Zumindest dachten das die Dorfbewohner. Doch da es nicht unsere Sprache sprach und uns nicht sagen konnte, wer es war, fingen die Menschen an, alles mögliche zu erzählen. Und bald verbreitete sich das Gerücht, es wäre der Sohn eines Mangrovenbaumes.«

»Der Sohn eines Mangrovenbaumes? Bekommen denn Mangrovenbäume Kinder wie die Menschen?«

»Ich weiß nicht, Muana, aber ich glaube kaum«, antwortet sie und lacht, um zu zeigen, wie sehr die Geschichte sie amüsiert.

»Aber du warst doch da, als das Gerücht erzählt wurde. Warum hast du ihnen nicht gesagt, daß Mangrovenbäume keine ...«

»Aber ich war nicht da! Weil ich noch nicht geboren

war, weißt du? Ich war noch nicht einmal ein Kind, wie du es jetzt bist. Darum konnte ich ihnen nicht sagen, daß ...«

»Geht die Geschichte so weiter, Iyo?«

»Das ist die Geschichte des Regenkindes, die Geschichte, die ich dir versprochen habe.«

»Aber warum haben sie es Regenkind genannt, wenn sie dachten, es ist das Kind eines Mangrovenbaumes?«

»Natürlich weil es den Regen mitgebracht hatte! Einen Regen, wie ihn zuvor noch keiner gesehen hatte. Wie du selbst ihn vielleicht niemals sehen wirst. Und die Leute sagten sich: ›Wer ist denn das, daß er uns diese Sintflut herbringt? Was will er bei uns? Er soll gehen. Soll er seinen Regen woanders regnen lassen.‹ Das sagten die Leute.«

»Was ist eine Sintflut?«

»Das ist, wenn ganz, ganz viel Regen fällt und er die ganze Erde bedeckt. Dann wissen die Menschen nicht mehr, wo sie bleiben sollen. Einige klettern auf die Bäume, aber die meisten ertrinken. Sie sterben.«

»Im Wasser?«

»Ja, im Wasser.«

»Und woher kommt die Sintflut?«

»Vom Himmel. Darum dachten die Dorfbewohner, das Regenkind ist schuld. Sie haben es durch den Regen gejagt und geschrien: ›Verschwinde! Verschwinde! Bring deine Sintflut woanders hin, niemand braucht dich hier, verschwinde!‹«

»Und keiner wollte es verteidigen, als es ganz allein war?«

»Ein einziger hat es verteidigt – mein Großvater.«

»Du hast einen Großvater?«

»Das war der Vater meines Vaters. Muana, auch ich war einmal ein Kind. Wie du, weißt du?«

»Aber vorhin hast du gesagt, daß du damals noch nicht geboren warst!«

»Stimmt, aber mein Großvater war schon geboren. Und mein Vater auch. Er war damals ein großer Junge, und er hat alles gesehen, was mit dem Regenkind geschehen ist. Ich sage dir also, der Vater meines Vaters ist eingeschritten, um das unglückliche fremde Kind zu beschützen, das alle jagten und beschimpften. Mein Großvater war sehr mutig. Er hat sich allein mit dem gesamten Dorf geschlagen.«

»Das Regenkind?«

»Nein, Muana, ich spreche von meinem Großvater. Er hat sich allein mit dem gesamten Dorf geschlagen. Im Regen. Das hat sehr lange gedauert. Es war ein langer, zäher Kampf. Bis er alle besiegt hatte. Und im selben Augenblick geschah ein echtes Wunder. Sobald er den letzten Gegner zu Boden geworfen hatte, hörte es auf zu regnen. Im selben Augenblick.«

»Wirklich?«

»Das ist die Wahrheit, Muana.«

»Es stimmt, Muana«, bestätigt mit ihrer schwachen Stimme Maa Frida, die aus ihrem dunklen Zimmer alles hört, was Großmutter und ich miteinander sprechen.

»Und dann?«

»Und dann«, fährt Iyo fort, »hat Großvater das Regenkind mit zu sich nach Hause genommen und beschlossen, es zu adoptieren. Es wie eines seiner eigenen Kinder zu behandeln, bis, dachte er, die Eltern es vielleicht abholen kämen. Aber die Eltern sind nie gekommen. Das Regenkind ist bei uns groß geworden, hat bei uns geheiratet und ist bei uns gestorben. Er war Nikos Vater. Und während seines ganzen Lebens behielt er den Namen Regenkind, das heißt Kind des Regens. Denn für uns alle hatte er keine andere Mutter als den Regen. Keinen anderen Vater als den Regen. Und man fürchtete ihn sehr, denn man dachte, irgendwann könnte er die Sintflut regnen lassen. Damit das nicht geschieht und ein solches Unglück nicht über uns kommt, haben die, die ihn zuerst verjagen wollten, meinen Großvater aufgesucht. Einer nach dem anderen. Um ihn um Entschuldigung zu bitten und um ihm zu danken, daß er das Regenkind beschützt hat. Und dann haben alle gemeinsam den Himmel und die Erde um Vergebung angefleht und die Gastfreundschaft gefeiert.

»Was heißt das?«

»Stimmt, Muana, du bist noch zu klein. Später wirst du das alles verstehen, wenn du groß bist.«

»Wenn du groß bist«, wiederhole ich in meinem Inneren. Weshalb gibt es nur so viele Dinge, die auf mich warten, bis ich groß bin! Das macht mich wütend, doch ich sage nichts.

Iyo hat meine innere, ganz stumme Wut nicht gehört. Ich weiß nicht, ob ich darüber froh bin oder nicht.

»So endet die Geschichte des Regenkindes«, sagt sie.

Diesmal seufze ich. Um meiner Befriedigung Ausdruck zu verleihen, daß ich endlich die Geschichte kennengelernt habe, auf die ich so neugierig war. Doch eines läßt mir keine Ruhe. Als Yango mir vom Regenkind erzählte – warum fand er es nötig, es mir ins Ohr zu flüstern, damit nur ich es höre? Ich frage Iyo.

»Dieser Dummkopf«, sagt sie, »weiß natürlich, daß man vom Regenkind nicht mehr reden darf. Weil es schon gestorben ist. Ohne Grund spricht man den Namen eines Toten nicht aus. Und dann, weil sein Sohn Niko immer noch unter uns ist. Wenn er erfährt, daß man über das Regenkind spricht, würde er glauben, daß man ihn an die Geschichte seines Vaters erinnern will. Und er will ganz und gar nicht an sie erinnert werden, denn viele Leute glauben, daß das Regenkind ein Sklave meines Großvaters war. Das ist nicht wahr. Aber die Menschen erzählen alles mögliche, um ihre Nachbarn zu beleidigen. Die Sklaverei ist bei uns schon vor langer Zeit verschwunden. Man sagt, die Weißen hätten sie in ihr Land mitgenommen. Was sie mit ihr wollen, weiß ich nicht. Auf jeden Fall ist Niko kein Sklave. Er wurde hier bei uns geboren. Seit seiner Kindheit lebt er mit uns zusammen. Als wäre er wirklich einer von uns.«

Ich frage meine Großmutter: »Warum spricht er so schlecht Duala?«

»Sei still, Muana. Du weißt, daß Niko nicht wirklich von hier ist. Duala ist nicht die Sprache seines Dorfes.«

Ich schweige. Dann frage ich: »Wo ist Nikos Dorf?«

»Also wirklich! Habe ich dir nicht gerade die Geschichte des Regenkindes erzählt? Niko ist hier geboren, aber er kommt von weit her. Er ist nicht richtig einer von hier.«

Dann nimmt sie meinen Kopf in ihre Hände. Ein Wunder. Unter den Händen meiner Großmutter schlafen meine Haare ein, als wären sie nicht mehr meine eigenen. Iyos Hände sind die einer Zauberin. Kein Wunder, daß sie Krankheiten heilen kann. Sie wird niemals sterben, dessen bin ich mir sicher. Aber ich höre noch nicht auf, sie zu quälen:

»Er redet komisch. Er kann die Wörter nicht richtig aussprechen. Glaubst du, er redet auch komisch, wenn er schläft?«

Iyo lacht schallend. »Muana, du weißt doch, daß man im Schlaf nicht redet!«

»Und wenn er morgens aufwacht, warum redet er dann jedesmal so komisch wie am Abend vorher?«

Meine Großmutter lacht noch lauter. Mir scheint, sogar Maa Frida fängt an zu lachen, als sie meine Frage hört. Iyo sagt zu mir: »Muana, frag das den lieben Gott. Nur er könnte dir antworten.«

»Wo ist der?«

»Oben im Himmel, sagt man.«

Da laufe ich eiligst in den Hof hinaus und suche den nächtlichen Himmel ab. Das Himmelsgewölbe mit seinen zahllosen funkelnden Punkten ist sehr eindrucksvoll. Aber enttäuscht komme ich zu Iyo zurück:

»Da oben im Himmel ist niemand.«

»Nicht einmal der Mond?«

»Ist der Mond der liebe Gott?«

Iyo antwortet nicht. Sie schaut mich nur an. Auf eigenartige Weise. Erstaunt? Mitleidig? Ich könnte es nicht sagen. Dann nimmt sie wieder meinen Kopf in ihre Hände – mit unendlicher Zärtlichkeit.

»Vor der nächsten Flut wirst du groß sein, Muana«, versichert sie mir. »Mögen *sie* dich in Frieden und lange leben lassen«, fügt sie mit einem ihrer wohlbekannten Seufzer hinzu.

Später, wenn ich groß bin, werde ich verstehen, daß »sie« die Geister sind.

4

»Guten Abend«, sagt jemand und tritt ein.

»Guten Abend, mein Sohn«, entgegnet meine Großmutter.

Und ich füge hinzu:

»Guten Abend, Paa Franz.«

»Ach Muana, du bist auch da? Ich habe dich in der Dunkelheit gar nicht gesehen. Deine Lampe ist nicht gerade sehr hell, Iyo. Wie geht's? Wie geht es Frida?«

»Es geht ihr wie heute vormittag, als du weggingst. Sie hat nicht so viel gehustet wie gestern. Man könnte meinen, es ginge ihr ein bißchen weniger schlecht. Am Ende überzeugen mich die Medikamente der Weißen noch. Wenn ich eines Tages krank werde, mußt du mir dieselben Tropfen bringen.«

»Iyo, du weißt doch, daß jede Krankheit ihre eigene Behandlung braucht. Wenn ein einziges Medikament alle Krankheiten heilen könnte, dann könntest du selbst das auch.«

»Das stimmt vielleicht, aber Gott hat den Weißen Fähigkeiten verliehen, die er mir nicht gegeben hat. Sie können viel mehr als alle Schwarzen zusammen.«

»Iyo, sprich jetzt nicht so mit mir. Ich komme von der Arbeit, es war ein anstrengender Tag. Laß mich wenigstens in der Nacht versuchen, die Weißen zu vergessen. Laß doch diese Menschen, wo sie sind. Wenn sie leben, sollen sie weiterleben, wenn sie schlafen, sollen sie in Frieden schlafen. Ich will nur eben meiner Schwester guten Abend sagen. Dann gehe ich nach Hause und ruhe mich aus.«

»Ja, und ich komme mit dir«, sage ich eifrig.

Ich weiß, warum ich das gesagt habe. Paa Franz hat bei sich einen Zauberkasten stehen, der jeden Abend singt, sobald er von der Arbeit heimkommt. Später werde ich lernen, daß man das ein Grammophon nennt, aber jetzt ist es für alle »der Zauberkasten«. Paa Franz ist der einzige im Dorf und sogar in den Dörfern ringsum, der einen solchen Kasten besitzt.

Paa Franz ist Maa Fridas älterer Bruder. Sie haben noch eine jüngere Schwester, Tante Noëlla, die in der Stadt wohnt. Die Mutter von allen dreien ist Iyo. Der Vater von allen dreien ist niemand, denn er ist gestorben. Warum ist er gestorben? Keiner hat es mir jemals wirklich sagen wollen. Alle behaupten einfach, er sei gestorben, weil jeder irgendwann einmal stirbt. Ich bin noch immer nicht davon überzeugt, daß das ein richtiger Grund ist. Denn Iyo, zum Beispiel, habe ich für immer im Leben plaziert. Sie wird niemals sterben. Und da sie mir gesagt hat, daß auch ich immer und ewig zusammen mit ihr leben werde, wüßte ich nicht, warum sie nicht dasselbe für den Mann getan hat, der der Vater ihrer Kinder war.

»Franz«, sagt Maa Frida, als sie ihren Bruder sieht, »weißt du, daß dieser Dummkopf Yango Toko unseren Muana ein Regenkind genannt hat?«

»Heute?«

»Heute morgen.«

»Und ich weiß jetzt«, mische ich mich ein, »was Regenkind bedeutet. Es heißt Sklavenkind.«

»Aber nein, Muana!« schreit Iyo und senkt sogleich merklich ihre Stimme. »Hast du denn nicht verstanden, was ich dir erzählt habe? Ich habe dir doch gesagt, daß es bei uns keine Sklaven mehr gibt. Niemand hier hat Nikos Vater je als Sklaven betrachtet. Und Niko selbst lebt mit uns zusammen, als gehörte er wirklich zu unserer Familie.«

»Hör zu, Muana«, sagt Paa Franz sehr ernst und senkt ebenfalls seine Stimme: »Nie wieder darfst du sagen, was du gerade gesagt hast, hörst du? Wenn ich erfahre, daß du je wieder vom Regenkind sprichst, bestrafe ich dich. Dann darfst du nicht mehr zu mir kommen und mit dem Grammophon singen.«

Bei diesen Worten fühle ich mich wie von einem Schwindel ergriffen. Doch ich bin so vernünftig, mich schnell wieder zu fassen. Angesichts der Vorstellung, ich könnte von dem Zauberkasten getrennt werden, schwöre ich mir eiligst, das Kommen und Gehen meiner Worte künftig genau zu überwachen. Um nichts auf der Welt will ich eine Strafe erdulden, wie Paa Franz sie gerade angedroht hat.

Jeden Abend, wenn er nach Hause kommt und sobald er seine Frau und die anderen Leute gegrüßt hat, die unter seinem Dach wohnen, zündet er seine Aida-Benzinlampe an. Ihr strahlend weißes Licht vertreibt alle Schatten aus dem Raum, der zugleich Wohnzimmer und Eßzimmer ist. Dort steht der Zauberkasten auf einem kleinen runden Tisch. Paa Franz geht zu ihm, nimmt die Kurbel und dreht und dreht. Dann läßt er vorsichtig die

Nadel auf eine Schallplatte herunter, und fast im selben Augenblick erklingt eine Musik, die inzwischen alle kennen. Gleich mit den ersten Takten beginnen die Kinder, die aus dem ganzen Dorf herbeigelaufen sind, mit der Schallplatte zu singen. Wir kennen alle Stücke auswendig, auch die Worte, die doch immerhin in einer Sprache gesungen werden, die wir nicht verstehen. Welch eine Freude rund um den Zauberkasten von Paa Franz! »Aber wie kann ein Holzkasten singen?« fragen wir uns. Wir geben uns immer dieselbe Antwort: »Die Weißen, die Weißen ... Sie machen Wunderwerke aus allem, was sie anfassen. Sie können sogar Leute in einen Kasten sperren, damit sie singen, wann immer man will!«

Darüber wird oft und lange gestritten.

»Glaubst du, der Sänger ist in dem Kasten? Ich glaube eher, er steckt in der Schallplatte.«

»Sei doch bitte mal ein bißchen schlauer. Siehst du die Platte? Schau, sie ist dünn und flach. Könntest du da etwa jemanden hineinstecken?«

»Hör zu. Eine Zeitlang habe ich genauso gedacht wie du. Aber man muß bedenken, daß der Sänger aufhört zu singen, wenn man die Platte zerbricht. Dann ist er doch wohl tot, oder?«

»Ja gut. Aber nur, weil keiner von uns je den Kasten kaputtgemacht hat. Glaubst du, der Kasten könnte immer noch singen, wenn ihn jemand kaputtmacht?«

»Du kannst sagen, was du willst. Wenn du die Platte kaputtmachst, dann hast du den Sänger unwiderruflich umgebracht. Überleg dir gut, ob du das deinen Brüdern antun willst, uns allen, die wir hier sind.«

Nein, niemand darf uns das antun. Denn der Zauberkasten macht alle im Dorf glücklich. Nicht nur die Kinder. Auch die Großen hören ihm, ohne selbst zu singen, sehr aufmerksam zu. Mpédi hat uns erklärt, daß die Lieder, die wir da hören, in einer weißen Sprache gesungen werden, die Spanisch heißt. Und daß die Lieder aus einem europäischen Land kommen, das Kuba heißt. Alle haben sehr gelacht, als sie diese Erklärungen hörten. Natürlich ist Mpédi der Lehrer unserer Dorfschule. Er kann dermaßen gut lesen und schreiben, daß er es sogar anderen beibringen kann. Und ganz bestimmt weiß er viele Dinge. Aber wir haben sehr gelacht, als er den Namen von Kuba wie »Kouba« aussprach. Denn alle, die an jenem Abend zugegen waren, haben »Koubua« verstanden, was in unserer Sprache mehr oder weniger bedeutet, mit schrecklichem Durchfall auf der Toilette zu sitzen. Die Leute haben sich gesagt, daß doch selbst die Europäer nicht dermaßen verrückt sind, ihren Ländern derart unappetitliche Namen zu geben. Jeder im Dorf hat also eiligst die Weißen in ihrer Art zu leben und ihre fernen Länder zu benennen in Schutz genommen. Eine Ehrenrettung, die selbstverständlich die Unwissenheit unseres eigenen Schullehrers schweigend eingestand.

Diese Angelegenheit warf Mpédi völlig aus der Bahn. Ihretwegen verlor er viel von seiner Autorität als Lehrer und einen guten Teil seines Ansehens als Gelehrter. Nach und nach ist er verrückt geworden. Nach dem Kuba-Zwischenfall war eine Verrücktheit in ihm, die immer größer wurde.

Das Ereignis, das »unseren Bruder Mpédi« – um die Bemerkungen der Großen unverändert wiederzugeben – »schließlich völlig umbrachte, war der Bau einer neuen Schule und die Ankunft eines richtigen Lehrers.« Wie andere Kinder merke ich mir oft, was die Großen sagen, auch wenn ich den Sinn ihrer Reden nicht immer verstehe.

Tatsächlich sagte man bis dahin »Mpédis Schule«, wenn man von dem Unterricht sprach, der täglich dreißig Kinder in der kleinen Kirche versammelte. Jeden Tag, morgens und abends, von Montag bis einschließlich Freitag lebte das Dorf im Rhythmus lauthals gesungener Lieder, der mühsam aufgesagten nutzlosen Silben, der Wiederholungen dessen, was der Lehrer vorsprach, der Schmerzensschreie und Tränen, wenn der »erzieherische« Stock niedergegangen war.

Mpédi regierte seine Schüler mit strenger Hand, und niemals fragten ihn die Eltern, warum er Strafen verabreichte, die nicht selten tiefe Spuren auf dem Körper ihrer Kinder hinterließen. Alle wußten, daß die Schule den Kindern das Lesen-und-schreiben beibrachte, deshalb waren sie mit der körperlichen Züchtigung einverstanden, die allein »die Auffassungsgabe der Kinder wirklich wecken« und ihre Aufmerksamkeit auf die schwierige Welt des aus der Ferne gekommenen Wissens lenken konnte.

Und nun läßt der weiße Administrator eine »richtige« Schule im Dorf bauen und gibt die Anweisung, alle schulfähigen Kinder dort anzumelden.

»Es war Zeit«, sagt Paa Franz. »Mpédis Schule führte unsere Kinder nirgendwohin. Was haben sie denn dort gelernt? Wie man Macabo und Kochbananen ißt. Als ob man in die Schule gehen müßte, um das zu lernen. Was lernten sie denn dort? *Jesus ist die Liebe* zu singen. *Er herrscht im Himmel und auf Erden.* Und dann? Was macht man, wenn man das gesungen hat? Aber wo ich auch hingehe, in den Norden, den Süden, den Westen und den Osten – überall höre ich dasselbe. Dieses Jesus-Gerede geht mir auf die Nerven, es kotzt mich an. Schenk mir was ein, ich habe Durst.«

Diese freimütigen Reden beschworen heftigen Streit zwischen Paa Franz und vielen Gläubigen der Gegend herauf. Einschließlich meines eigenen Vaters, der ein überzeugter Geistlicher war.

»Er spricht schlecht von Jesus, weil er glaubt, daß er ihn nicht nötig hat. Weil er in der Stadt arbeitet und viel Geld verdient. Aber er weiß nicht, daß er ohne Jesus überhaupt nichts wäre. Was wäre Franz denn, wenn Jesus ihn nicht erlöst hätte, so wie er jeden von uns erlöst hat? Meine Brüder, beten wir, daß das verlorene Schaf zu unserem Erlöser zurückfindet ...«

Und alle beteten für ihn und sagten sich: »Im Grunde ist er nicht er selbst, wenn er dieses Geschwätz über den Herrgott von sich gibt. Es ist die Flasche, die er in sich hineingießt, die dann die teuflische Sprache des Alkohols redet. Beten wir, daß unser Bruder den Alkohol aufgibt. Dann wird er den Wunsch verspüren, zu uns zurückzukehren.«

Nur Mpédi betete nicht für Paa Franz. Er haßte Paa Franz wegen seines angeblichen Reichtums. Aber er wollte nicht, daß man den wahren Grund seiner Feindschaft herausfand. Deshalb lud er sie dem lieben Gott auf. Eines Tages schwor er vor allen Menschen, daß er meinen ungläubigen Onkel nie mehr besuchen würde, ausgenommen, um dem unwiderstehlichen Zauberkasten zuzuhören. Es ist eine Ironie des Schicksals, daß das Leben gerade mit diesem Zauberkasten anfing, Mpédi so übel mitzuspielen. Kuba ... Alle, außer der Held selbst, müssen unwillkürlich lachen, wenn sie an diese Geschichte denken.

* * *

Die Schule des weißen Administrators ersetzt jetzt Mpédis Unterricht. Mit einem jungen Lehrer, der bereits viel von sich reden macht. Ekualla ist ein sehr schöner Mann. Mpédi verabscheut ihn. Alle Frauen möchten Kinder haben, die zu seiner Schule gebracht werden müssen. Dann könnten sie ihn ab und zu einmal anschauen. Das macht Mpédi krank. Er selbst hatte nie solchen Erfolg – frage sich einer weshalb. Seine leichte Verrücktheit wird schlimmer und dringt immer öfter in die Bereiche des Wahnsinns. Der erwacht seit einiger Zeit jeden Tag nach dem Sonnenuntergang. Dann rennt Mpédi wie ein Ausrufer kreuz und quer durch das Dorf und schreit mit lauter Stimme Bibelstellen, die er im letzten Sonntagsgottesdienst gehört hat und die er nach Belieben verändert: »Ich bin Mpédi. Ich bin die Stimme in der Wüste«, schreit er.

Er bricht in Gelächter aus und schreit gleich weiter: »Die Wüste. Was ist eine Wüste? Ich bin die Stimme! Ich bin die Stimme! Wer hat dir gesagt, daß ich die Stimme bin? Ich, Mpédi, die Stimme in der Wüste. Und wozu? Um euch zu sagen, daß ihr alle Idioten seid. Daß ihr verrückt seid, mir zuzuhören. Ich bin nicht die Stimme. Ich bin ein Mensch. Bruder Jesu Christi. Auch ich bin geboren. Ich bin geboren von der Jungfrau Maria unter Pontius Pilatus. Doch, doch, unter Pontius Pilatus. Als sie Jesus auf dem Mangrovenhügel erwartete. Jahrelang hat sie Jesus erwartet. Lange, lange Jahre lang. Und ich war schon geboren. Ich bin der große Bruder von Jesus Christus dem Erlöser. Damals waren die Menschen noch klug. Heute sind sie dumm. Ihre Mutter hat sie empfangen, ohne es zu merken, an einem Tag, als sie sich selbst nicht mehr kannte. Ihre Vagina hungerte seit Monaten. In ihr war solch ein Verlangen, daß sogar ein trockener Ebenholzstamm davon einen Ständer bekam. So hat ihre Mutter sie gemacht. Sie hat sie einfach gekriegt. Sie hat sie ernährt. Sie hat sie einfach ins Leben gedrückt. Sie weiß nicht einmal, daß sie leben. Wieso schämst du dich vor solchen Menschen? Diese Idioten sind deiner Scham nicht würdig. Sie sind es nicht wert, dich wütend oder auch nur leiden zu sehen. Ich habe mit dem Herrgott über dich gesprochen. Da oben. Ich habe ihn besucht. Er ist ein Freund von mir. Wenn wir miteinander reden, schauen wir einander in die Augen. Doch, doch, der liebe Gott selbst. Er läßt dir sagen, du sollst dir nur ja den Kopf nicht an dem Gerede der Leute stoßen. Tu so, als ob dein Kopf auf beiden Ohren taub wäre. Diese Leute werden keine Worte finden, die dich demütigen könnten. Sie sind zu dumm, als daß sie jemanden wie dich demütigen könnten. Sogar der Wind will ihre Worte nicht – so stumpf sind sie. Du bist der Mensch mit allen Eigenschaften. Sieh mir in die Augen! Sie sind schwarz wie die Heiligen der Hölle, und sie funkeln voller Leben. Sie, die sich erhaben fühlen ... Sie säen nur Reichtümer und Enttäuschungen. Sie haben die Erde vergiftet, indem sie Geld säten. Es treibt keine Frucht. Also sagt mir, was ist das für eine Wüste? Ich wandle im Licht und sehe nur Finsternis. Was ist die Wüste? Ich habe keine Frau, ich ficke jede Nacht die Sterne. Wißt ihr, was ich letzte Nacht geträumt habe?

Die Stimme in der Wüste, die Stimme in der Wüste. Ihr spielt mit der Wüste wie Kinder mit dem Regen. Aber den Regen kann man sehen. Den Regen kann man spüren. Der Regen macht naß. Was ist die Wüste? Ihr antwortet nicht. Seht ihr, ihr wißt nichts. Möge der Friede auf euch und eure Kinder herabkommen, heiß und schön und brennend, wie die fiebrigen Lügen, die wie ein Maskentanz im schamlosen Ansturm gegen mich erhoben werden. Daß morgen die reine Sonne der Wahrheit endgültig die Wolken von euren Herzen vertreiben möge, die trunken von Verachtung sind. Mpédi hat nichts verbrochen. Mpédi will nur das Gute. Das Wohl aller, der ganzen Welt und seines ganzen Volkes. Das Gute, das Gutes tut. Die Stimme, die spricht. Was sagt die Stimme? Die Wege sind vielgestaltig, und du glaubst, es gibt nur einen. Einen einzigen Weg zu Gott, unser aller Vater. Was für ein Gedränge auf dem Weg des Glücks! Ein einziger Weg zu Gott. Ich sage euch, ihr seid verrückt. Und ihr glaubt, ich wäre verrückt. Ihr belügt euch selbst. Ich habe sieben Himmel, jeden mit seinem Paradies. Der Weg dort oben hin ist vielgestaltig. Du wanderst, du wirst müde, du wanderst weiter, du wirst müde, du gehst wieder weiter. Bis du ankommst. Ich sage dir, es ist mühsam, in den Himmel zu gelangen. Du wirst sehen, ich schicke dich auf den Weg in die Hölle. Ich schreie in der Wüste, ich schreie im Wasser, ich schreie im Wind, ich schreie in der Grube, ich schreie in deinem Herzen – du willst mich nicht hören. Die Hölle verzaubert mich. Mich, Mpédi. Die Stimme im Dorf. Hörst du mich? Etia ist zum Fischen aufgebrochen. Ekualla? Ein Fremder. Ekualla ist hierher gekommen, um sich am Hintern von Etias Frau zu reiben. Am hellichten Tag. Am hellichten Tag, sage ich dir. Fragt ihn, ob es gelogen ist. Er ist mit ihr in ihr Zimmer gegangen. Am hellichten Tag, sage ich dir. Die Tür stand offen. Ich ging hinein, um Etias Frau zu sagen, daß ich Hunger hatte. Frau meines Bruders, gib mir zu essen. Ich ging in das dunkle Zimmer hinein. Und was sehe ich da? Ekualla auf Koba liegen. Fika-fika-fika-fika! Ich gehe hinaus, um die Nachricht zu verbreiten. Ekualla zieht sein Knüppelchen heraus und stürzt sich ganz nackt auf mich. ›Mpédi, du Verrückter, wenn du etwas sagst, bringe ich dich um. Hast du mich verstanden?‹ – ›Ja, kleiner Bruder Ekualla. Mpédi hat verstanden. Mpédi wird nichts erzählen. Das ist versprochen. Hoch und heilig.‹ Aber die Abendstunde. Sie stürzt meinen Mund ins Verderben und salbt mir die Lippen mit Honig. Die Abendstunde salbt mir ganz, ganz sanft die Lippen. Und bricht ihr Versprechen, wie die Dämmerung den Tag betrügt, wenn sie die Nacht herbeibringt. Ganz, ganz sanft. Ich überwache die Versprechen nicht mehr. Ekualla, hast du nicht am hellichten Tag mit deiner eigenen Schwester geschlafen, der Frau deines eigenen Cousins? Komm heraus auf den Platz, komm und widersprich mir! Sag vor der ganzen Welt, daß es nicht wahr ist. Damit ich selbst aus deinem Mund die Wahrheit erfahre. Daß es nicht wahr ist. Daß ich mich geirrt habe. Daß ich nichts gesehen habe. Ich komme, ich gehe, die Sonne wandert unablässig über den Himmel – wohin sie geht, weiß ich nicht. Ich bin die Stimme in der Wüste. Alle sind da. Wo siehst du denn hier eine Wüste? Alle sind da. Alle sind gekommen, um dir zuzuhören, Ekualla. Sprich doch, denn dir hört man zu, du bist nicht verrückt, so wie ich. Mag der sterbende Tag seufzen und totenstill schweigen.

Mag die Nacht dir zuhören. Dein Wille geschehe wie im Himmel so auf Erden. Da oben ist nichts. Niemand wohnt da oben. Kannst du da vielleicht etwas sehen? Nur Sterne, Sterne, Sterne. Sobald der Tag kommt, verschwinden sie. Hast du bei Tage schon einmal die Sterne gesehen? Da oben ist nichts, gar nichts. Und dann kommt die Nacht, in der die Sterne verschwinden. Du hast den Himmel voller Sterne gesehen, obwohl du schon tot bist? Dein Wille geschehe wie im Himmel so auf Erden. Du verschwendest deine Zeit. Wer sollte dich jemals dort hochführen, damit du siehst, wie dein Wille geschieht. Niemand. Die Weißen sind weißer als die Braunen. Sie fliegen. Sie fliegen in den Himmel wie die Vögel. Sehen sie da oben Gott? Sind sie deshalb weiß? Und diese Vögel. Warum sind die Vögel denn keine Weißen? Fliegen sie etwa nicht da oben herum? Wie die Weißen? Ich sage dir, du verschwendest deine Zeit. Man darf diesen Unsinn nicht glauben. Die Verrückten, das sind die anderen. Nicht ich, Mpédi. Ekualla, du kannst mich nicht umbringen, weil ich dich dabei überrascht habe, den Schlaf deines Nächsten zu rauben. Wozu lebst du? Um mich umzubringen? Du verschwendest deine Zeit. Dein Wille geschieht weder hier unten noch dort oben. Alle werden wissen, daß es deinen Willen nicht gibt, weil er gegen mich nichts ausrichten kann. Der tote Tag verdirbt meine Gedanken und Kräfte. Ich verhungere. Ich bin schon tot. Gebt mir etwas zu essen. Ich bin die Stimme in der Wüste. Ich bin, der ich bin, der ich bin. Aber wer ist das nicht?«

* * *

Das ganze Dorf hat zugehört, denn es ist keine Wüste. Weit davon entfernt. Das Dorf ist ein stilles Speicherbecken, in dem zahllose kostbare Geheimnisse zu Hause sind. Aber es ist noch Platz, um neue hinzuzutun. Der fremde Ekualla hat also *das* einer von uns angetan! Bald wird die Frau des gehörnten Bürgermeisters ein Kind bekommen. Und das ganze Dorf wird die Geburt feiern, als wäre es Etias richtiges Kind. Ach, armer Etia. Alle wissen, daß dieses Kind nicht von dir ist. Weil es aber schwarz sein wird, wird niemand auf den Gedanken kommen, es mit Agatha Mudios hellbraunem Sohn zu vergleichen. In der Farbe wird die Rasse gewahrt sein. Das ist das Wichtigste, und was soll schon das Gerede über die Sitten, das Mpédis schmutziger Mund seit dem Morgengrauen verbreitet.

Die Rasse bewahren ... Eine Verrücktheit vergangener Zeiten, als man noch nicht wußte, daß die Welt gemischte und uneheliche Kinder ebenso nötig hat wie solche, die unter dem makellosen Zeichen der Konvention geboren sind. Alle Kinder kommen gleich lächelnd und von derselben Unschuld umhüllt zur Welt. Wie dem auch sei, Koba und ihr Kind gehören Etia, auch wenn es Ekualla, diesem Hund, mißfällt. Von morgens bis abends gehören sie ihm. Unwiderlegbar. So will es die Tradition – mit einem großen T, wenn einmal das Alphabet sich bei uns niedergelassen haben wird. Und der Regen wird sich freuen, bald den Sproß dieses Ehebruchs zu begießen, der so großzügig dem ganzen Dorf bekannt gemacht wurde.

5

»Iyo, was genau ist ein Kind?«

»Das ist jemand wie du.«

»Und was ist jemand wie ich?«

»Ein Kind.«

Auf diese Antwort schweige ich und denke nach. Ich weiß nicht, ob ich irgend etwas verstanden habe. Ich hätte Lust, noch andere Fragen zu stellen. Ein Kind ist jemand, der Fragen stellt. Künftige Erfahrungen werden ihm die Antwort geben. Die Tage gleiten über das Kind hinweg und umhüllen es mit einem Überzug aus unendlicher Geduld. Iyo hat mir gesagt, daß man warten muß. Daß man warten können muß. Man wartet immer. Auch sie wartet. Ich weiß nicht worauf – aber sie wartet. Alle Tage wartet sie.

»Aber Iyo, du wartest doch gar nicht. Du tust doch jeden Tag etwas.«

»Muana, man kann viel tun, während man wartet, weißt du?«

»Aber worauf wartest du?«

»Ich warte darauf, daß die Zeit vergeht. Wenn sie ganz vergangen ist, werde ich nicht mehr warten.«

»Und was machst du dann?«

»Nichts. Wenn man nicht wartet, macht man nichts, verstehst du?«

»Ja, Iyo.«

Das stimmt nicht ganz. Man könnte meine Antwort sogar ohne weiteres eine Lüge nennen. Denn ich habe überhaupt nichts verstanden. Ich liebe Iyo. Ganz, ganz stark. Aber sie ist immerhin eine Erwachsene. Vielleicht ein bißchen anders als die anderen, aber sie ist eine Erwachsene. Sie sagt oft Dinge wie: »Das wirst du verstehen, wenn du groß bist.« Darum mache ich es wie sie. Ich warte, daß die Zeit vorübergeht. Ich aber – wenn die Zeit nicht mehr vorübergeht – werde dann wissen, daß ich groß geworden bin.

»Stimmt das, Iyo?«

»Sicher, du wirst groß sein, wenn die Zeit aufgehört hat zu vergehen.«

»Wenn ich groß bin, werde ich nicht mehr warten?«

»Du wirst immer warten, Muana.«

»Worauf?«

»Worauf? Na, darauf, daß die Zeit vergeht, natürlich.«

»Aber wenn sie dann doch aufgehört hat zu vergehen?«

»Die Zeit? Die hört nie auf zu vergehen, Muana. Nie. Wenn sie aufgehört hat zu vergehen, vergeht sie immer noch. So ist sie. Sie vergeht immer und ist immer da. Schau, die Zeit ist wie das Wasser im Fluß. Du siehst es vorbeifließen. Es fließt und fließt und fließt – und es ist immer da. Wenn du groß sein wirst, wird die Zeit vergangen sein, sie wird aufgehört haben zu vergehen – aber sie wird immer da sein und vergehen.«

»Und wohin geht sie?«

»Nirgendwohin. Die Zeit geht nirgendwohin. Sie vergeht und ist da. Sie geht nirgendwohin, Muana. Du wirst sehen. Wenn du versuchst, ihr hinterherzulaufen, verschwendest du deine Zeit. Sie vergeht und vergeht nicht, sie läuft und läuft nicht. Das ist die Zeit. Und du wirst größer. Eines Tages wirst du erwachsen sein.«

»Wie du.«

»Nein, nicht wie ich! Wenn du erwachsen sein wirst, wirst du wie die anderen Männer sein. Du bist ein Mann!«

»Aber nein, Iyo, ich bin kein Mann. Ich bin ein Kind, du selbst hast es mir doch neulich gesagt.«

»Das stimmt.«

Iyo sitzt in einem großen Korbsessel, und ich sitze auf ihren Knien. Ihr Gesicht sehe ich nicht, während wir so miteinander sprechen, doch ich kann mir sehr genau vorstellen, was sich bei jedem ihrer Worte darauf abspielt. Ich kenne dieses Gesicht gut. Es spricht mit Kraft und Sanftheit, mit Wörtern, die gelegentlich das Korbgeflecht des Sessels knacken lassen und mich belehren wollen. Was mich ärgert. Warum weiß sie so viel? Und warum will ich so viel wissen? Immer wenn ich auf ihren Knien sitze, stelle ich ihr Fragen. Fragen, bis sie müde wird.

»Uff! Geh hinunter, spiel mit den anderen Kindern. Fridas Sohn, du bist nicht wie die anderen. Du erwachst morgens mit einem Mund voller Fragen und Fragen. Du bringst mich noch um. Geh ein bißchen spielen, ich bin müde vom vielen Sprechen.«

Ich stehe auf, ich stehe ihr gegenüber. Ein weites hellgraues Kleid bedeckt ihren ganzen Körper. Nur ein Teil der Beine und der Arme ist zu sehen. Der Kopf natürlich auch. Zwei lebendige, sehr weiße Augen liegen wie zwei sehende Seen in der weiten schwarzen Landschaft ihres Gesichts. Und darüber ein weißgraues Feld Haare. Maa

Fridas Haare haben eine andere Farbe. Warum hat Iyo ihr nicht die gleichen gegeben? Ich betrachte sie einen Augenblick. Auch sie scheint mich zu beobachten, ohne ein Wort, mit einem Lächeln, das aus ihren Ohrläppchen hervorkommt und wenig später Freude auf die geschlossenen Lippen malen wird.

»Bist du wirklich die Mama von Maa Frida?« frage ich schließlich.

»Ja«, antwortet sie.

Ich kenne sie genau. In ihrem Inneren fragt sie sich jetzt: »Worauf will der Kleine denn nun schon wieder hinaus?«

»Also, wenn du wirklich die Mama von Maa Frida bist, warum hat sie dann nicht dieselben weißen Haare wie du?«

Jetzt verwandelt sich ihr Lächeln in lautes Lachen.

»Frida, Frida, dein Kind bringt mich um, ich sterbe vor Lachen. Du liegst krank im Bett, aber ich sterbe noch vor dir, wenn dein Kind mir weiter solche Fragen stellt. Warum hat deine Mutter nicht so weiße Haare wie ich? Weißt du, Muana, das Alter macht die weißen Haare. Wenn Frida lange genug lebt und alt wird, dann hat sie sicher auch weiße Haare. Aber mein Mädchen, mein armes Mädchen ist ständig krank. Das ist hart, Muana, das ist so schwer zu ertragen.«

Bei diesen Worten bricht sie in Tränen aus. Ich habe sie noch nicht oft in einem solchen Zustand gesehen. Angst ergreift mich. Ich laufe in Maa Fridas dunkles Zimmer. Sie hat alles gehört. Auch sie fängt an zu weinen. Alle beide weinen immer lauter. Iyo kommt herein und kniet sich neben das Bett. Und sie weinen und weinen. Von Panik ergriffen, fange auch ich an zu weinen.

Sehr laut. Ich laufe hinaus auf die Veranda und weine und schluchze den endlosen Nieselregen an: »Der Tod ist hier! Der Tod ist hier!«

Ich weine nicht vergebens. Sogleich kommen die Nachbarn herbei: »Wer ist gestorben? Wer ist denn gestorben?« fragen sie eifrig. Als sie bemerken, welche Wendung die Ereignisse nehmen, hören Iyo und Maa Frida auf zu weinen. Meine Großmutter wischt sich mit dem Handrücken die Tränen ab und kommt heraus, um die Geister zu beruhigen. Sie erklärt, wie die Tränen aus der Stille hervorgekommen sind. Alle verstehen es. Alle sagen uns tröstende Worte und gehen dann nach Hause. Bald danach hört der feine Regen auf, das Licht dieses verzweifelten Morgens zu trüben.

* * *

Wut ergriff Ekualla vom Kopf bis zu den Füßen. Er führte die Drohung aus, die er ausgestoßen hatte, als Mpédi ihn in Kobas Zimmer überraschte. Er hat ihn umgebracht, indem er seinen Kopf heftig gegen einen großen Stein schlug. Dann floh er aus dem Dorf, um nicht totgeschlagen zu werden. Doch die Polizisten aus der Stadt hatten keine Mühe, ihn zu finden. Die Gerüchte erzählen, daß man ihn auf Lebenszeit ins Gefängnis geworfen hat.

Etias Wut ging entschieden weniger weit. Als er vom Fischfang auf dem Meer zurückkehrte und erfuhr, daß seine Frau in der gesprochenen Zeitung eines Verrückten auf der Titelseite gestanden hatte, begnügte er sich damit, die untreue Frau zu verprügeln und ihr »einen Arm zu brechen«, um ihre eigenen Worte wiederzugeben, obgleich niemand je den gebrochenen Arm gesehen hat. Danach habe ich einige Männer sagen hören, daß gewisse untreue Ehefrauen auch große Lügnerinnen seien. Eines Tages werde ich Iyo fragen, was all das bedeutet.

Das ist, was die Menschen des Dorfes sich erzählen, wenn sie mit lauter Stimme über diese Geschichte sprechen, die sie alle selbst am selben Tag, im selben Augenblick und am selben Ort erlebt haben. Sie erzählen sie sich gegenseitig, und allem Anschein nach hält sich jeder für einen besseren Zeugen als der Rest des versammelten Dorfes. Man muß aber zugeben, daß alle Versionen, die bisher zu hören waren, miteinander übereinstimmen. Ich bin sicher, daß keine von ihnen erfunden ist. Deshalb bewahre ich sie in meinem kleinen Kinderkopf, alle auf einem Haufen, wie die Fäden eines schrecklichen Dramas, bei dessen purer Erinnerung es mir noch heute kalt den Rücken herunterläuft. Ich bewahre sie alle, zusammen mit tausend Einzelheiten, mit denen sie sich ausstaffieren, je mehr die Zeit vergeht. Doch die Zeit …

6

Die Zeit vergeht nicht. Iyo hat das gesagt. Wenn du der Zeit hinterherläufst, verschwendest du deine Zeit, hat sie gesagt. Zeit ist wie das Wasser im Fluß. Es fließt vorbei, und wir glauben, es fließt vorbei. Aber das ist nicht wahr. Es fließt nicht vorbei, weil es immer da ist. Jederzeit kannst du hingehen und aus ihm schöpfen. Es ist immer da. Die Zeit ist genauso. Du kannst aus der Zeit schöpfen, wie du Wasser aus dem Fluß schöpfst. Niemand kann die Zeit auch nur eines einzigen Tages ausschöpfen.

Natürlich denken das auch die meisten anderen Menschen im Dorf. Ich habe noch nie jemanden der Zeit hinterherlaufen sehen. Auch habe ich mit meinen Augen das noch nie gesehen, was man Zeit nennt. Vermutlich glaube ich deshalb Großmutters Bemerkungen. Oft betrachte ich das Wasser im Fluß. Wie Iyo gesagt hat: Es fließt und fließt, doch immer ist es da. Niemand läuft dem Wasser im Fluß hinterher. Wozu ihm hinterherlaufen? Um wie das Wasser auf der Stelle zu bleiben?

Trotzdem gibt es Dinge, die mich an all dem beunruhigen. Wenn niemand der Zeit hinterherläuft, weil sie angeblich nicht vorbeigeht, warum bleiben dann nicht alle stillstehen? Warum bewegen sich die Menschen? Sie laufen ohne Unterlaß irgendwohin, sie kommen und gehen den ganzen Tag über. Sie sind damit beschäftigt, dies oder das zu tun, und oft sagen sie, sie hätten »keine Zeit«. Heißt das, man kann einen Mangel an Zeit haben? Wenn Zeit wie das Wasser im Fluß ist – und das hat Iyo immerhin selbst gesagt –, dann sollte es uns daran niemals mangeln, denn das Wasser im Fluß hat uns doch auch nie gefehlt. Wer kann mir das alles nur erklären, bevor ich groß bin …

Die Großen wissen viel, aber sie erklären den Kindern fast nichts. Man muß groß und erwachsen werden, bis man eines Tages alles selbst verstehen kann. Alles selbst verstehen. Ach, an dem Tag, an dem ich endlich alles selbst verstehe, werden alle merken, daß ich groß geworden bin. Aber was muß ich denn tun, um hier und jetzt groß zu werden? Doch, gerne wäre ich hier und jetzt ein Erwachsener. Vor aller Welt. Damit ich dem ganzen Dorf sagen könnte, daß ich jetzt alles weiß, alles, was mir keiner sagen wollte, als ich klein war. Denn man weiß alles, wenn man groß ist. Man ist groß, um alles zu wissen. Doch, sicher, ich wäre gern sofort erwachsen. Um wie Iyo den kleinen Kindern sagen zu können: »Ihr werdet das alles verstehen, wenn ihr groß seid.«

Und am nächsten Abend sagt Paa Franz zu mir: »Du bist nicht mehr fünf Jahre alt. Während der Zeit bei deiner Großmutter bist du älter und größer geworden. Bald wirst du zur Schule gehen müssen.«

Als ich diese Drohung höre, zittere ich. Manchmal habe ich Geschichten über die Schule gehört. Ich kenne sie nicht in Wirklichkeit, aber nach dem, was man mir davon erzählt hat, halte ich sie für die schlimmste Katastrophe, die über einen kleinen Jungen hereinbrechen kann, der wie ich gewohnt ist, bei seiner geliebten Großmutter in aller Freiheit und ohne Gewalt viel über das Leben zu lernen. Denn man hat mir gesagt, daß in der Schule letzteres kaum respektiert wird – der Unterricht wird manchmal auch mit Gewalt gegeben. Deshalb ist mein Entschluß eindeutig – ich werde mich wehren, wenn Paa Franz versucht, seine Drohung in die Tat umzusetzen.

»Aber das ist doch keine Drohung, Muana«, tröstet mich Iyo. »Du wirst dort Lesen und Schreiben und Rechnen lernen.«

»Wozu?«

»Damit du nicht im Dorf bleiben und fischen gehen mußt, wie all die Taugenichtse, die wir hier haben. Sie können weder lesen noch schreiben. Sind das denn Männer? Du, mein Muana, du sollst in der Schule der Weißen ein gebildeter Mann werden.«

»Um ein Weißer zu werden?«

»Ja, irgendwie. Und dann auch wieder nicht. Du wirst niemals weiß sein. Aber du mußt trotzdem zur Schule gehen, um alles zu lernen, was die Weißen können.«

»Aber wenn es darum geht, warum bin ich dann nicht weiß? Warum hat Maa Frida mich dann nicht gleich ganz weiß gemacht?«

»Ich weiß nicht, ich kann es dir nicht sagen ... Sie ist schwarz, da konnte sie dich nicht weiß machen.«

»Warum soll ich dann dieselben Dinge lernen wie die Weißen? Wozu nützt dann die Schule?«

»Ich hab es dir doch schon gesagt. Sie bringt dir Lesen, Schreiben und Rechnen bei und noch viele andere Dinge.«

»Bist du zur Schule gegangen, als du klein warst?«

»Nein, Muana, zu meiner Zeit gab es im Dorf keine Schule. Im ganzen Land gab es nicht eine einzige Schule.«

»Willst du damit sagen, die Menschen lebten, ohne lesen und schreiben zu können ... und ohne all das andere zu können? Und wer hat dann die Schule ins Dorf gebracht?«

»Ins Dorf? Nun, der erste, der hier in Djedu Unterricht gegeben hat, war der arme Mpédi. Du weißt ja, daß er schließlich daran gestorben ist.«

»Er ist an seinem Unterricht gestorben?«

»Nein, Muana, das ist nicht ganz, was ich sagen will. Du weißt doch, daß Mpédi verrückt geworden ist.«

»Ja, die Leute sagen, daß er verrückt war. Was ist verrückt, Iyo?«

»Das ist, wenn man so ist wie Mpédi. Jemand, der redet, ohne nachzudenken. Einer, der redet und redet und redet und nur Dummheiten von sich gibt. Um die anderen Menschen zu beleidigen. Um einfach irgend etwas zu sagen. Etwas, das die anderen nicht verstehen. So einer war Mpédi geworden, verstehst du? Deshalb ist er gestorben. Er ist verrückt geworden, als ein anderer Lehrer herkam ...«

»Ekualla ...«

»Ja, Ekualla, der eine andere Schule herbrachte. Mein Gott, was dann passierte! Was für ein Drama! Und ich habe es mit meinen eigenen Augen gesehen, mit meinen eigenen Augen!«

Schrecken ergreift Iyo bei diesen Worten. Und ich, grausam wie ein unschuldiges Kind, weise sie auf etwas hin:

»Dann siehst du doch selbst ein, daß die Schule Unglück ins Dorf bringt, oder? Warum wollt ihr dann, daß ich dort hingehe? Ich mag die Schule nicht. Wenn ich groß bin, werde ich nicht zur Schule gehen.«

»Muana, hast du denn nicht verstanden? Man geht zur Schule, wenn man klein ist.«

»Dann gehe ich nicht. Paa Franz hat gesagt, daß ich jetzt groß bin. Du hast es doch auch gehört, oder?«

»Ich habe es gehört. Und was er sagte, stimmt. Aber ich habe es nicht so verstanden, daß du jetzt groß bist. Er hat nur festgestellt, daß du größer geworden bist, seitdem du bei mir bist. Das heißt nicht, daß du schon erwachsen bist, Muana.«

Ich schaue meiner Großmutter direkt in die Augen, während sie so zu mir spricht. In diesem Augenblick und noch eine ganze Weile danach spüre ich, daß ich sie nicht gern mag. Obwohl ich das eigentlich nicht sagen kann, denn ich liebe sie sehr. Aber in diesem Augenblick nicht so sehr wie sonst. Ich hätte mir so sehnlich gewünscht, daß sie mich vor der Schule beschützt, die Paa Franz mir aufzwingen will. Ich sage zu mir selbst: »Sie ist seiner Meinung, weil er ihr Sohn ist. Was hätte sie denn getan, wenn auch ich ihr Sohn wäre? Und außerdem«, fügt mein Inneres hinzu, »habe ich selbst eine Mama. Du wirst sehen.« Ich gehe fort und schaue sie mit einer bösen Miene an, die sie zum Lachen bringt. Ich verstehe nicht, weshalb sie lacht, und bin wütend. Ich werde zu Maa Frida in ihr Zimmer gehen, wo sie sich gerade mit meinem älteren Bruder Bilè unterhält. Ich möchte mich gern in die Arme unserer Mutter werfen. Aber Bilè hindert mich daran: »He, kleiner Muana, siehst du nicht, daß wir uns gerade unterhalten? Geh raus, spiel draußen!«

»Aber Bilè, laß ihn hierbleiben. Wir haben doch keine Geheimnisse vor ihm! Komm, Muana«, sagt Maa Frida.

Wie gut sie ist! Ich eile zu ihr und werfe Bilè einen Blick zu. Es kümmert ihn nicht. Er streckt mir sehr deutlich die Zunge heraus. Ich werfe mich in Maa Fridas Arme und weine. Nur sie allein liebt mich. Alle anderen hassen mich, und ich weiß nicht, warum. Paa Franz, der mich zur Schule schicken will, Iyo, die damit einverstanden ist, Bilè, der Maa Frida als Mutter für sich allein will. Die ganze Welt will mir Böses. Was habe ich ihr denn getan? Nur Maa Frida liebt mich. Sie tröstet mich. Ich nutze die Gelegenheit, um sie zu fragen:

»Du bist meine Mama, nicht wahr?«

»Natürlich bin ich deine Mama.«

»Aber nicht nur deine Mama«, murrt Bilè. »Sie ist auch meine Mama. Und die von Biki, von Kw ... von Ekaï und von all ihren anderen Kindern.«

»Das stimmt, Muana«, sagt sie. »Aber«, wendet sie sich Bilè zu, »ihr anderen seid jetzt alle groß. Und Muana ist noch klein.« Sie wendet sich wieder zu mir: »Nicht wahr, Muana?«

»Paa Franz sagt, daß ich schon groß genug bin, um in die Schule zu gehen. Glaubst du, das stimmt?«

»Es stimmt«, antwortet Bilè, den ich doch gar nicht gefragt habe. »Gerade habe ich mit Maa Frida darüber gesprochen. Du bist größer geworden, seitdem ich Djedu verlassen habe. Wir müssen jetzt wirklich darüber nachdenken, dich zur Schule zu schicken, kleiner Bruder.«

Ich breche in Tränen aus und schreie:

»Nein, nein, nein! Nicht in die Schule! Nicht in die Schule! Maa Frida, hilf mir! Hilf mir, ja?«

»Ja, Muana, ich beschütze dich.«

Ich glaube ihr aufs Wort und höre zu weinen auf. Bilè fängt an zu lachen. Er lacht über mich und meine Tränen. Über meine Leichtgläubigkeit. Ich frage mich, was es daran zu lachen gibt, daß ich Vertrauen in meine eigene Mutter habe.

Seit einigen Monaten ist Maa Frida von ihrer langen Krankheit genesen. Nach und nach hat sie wieder ein normales Leben aufgenommen. Sie hat sogar Iyo und Paa Franz gebeten, sie in das Dorf meines Vaters zurückzubringen. Doch die beiden waren der Auffassung, daß jenes Dorf ihre Krankheit verursacht hat. Darum kommt es für die beiden nicht in Frage, daß Maa Frida dorthin zurückkehrt. Wenigstens nicht im Augenblick. Iyo und Paa Franz bleiben eisern bei ihrer Entscheidung, die im Einverständnis mit allen unseren Nachbarn gefällt wurde, als eines Tages mein Vater und die wichtigsten Personen seines Volkes erschienen, um ihre Forderung vorzutragen:

»Jetzt, wo sie wieder gesund ist, muß Frida nach Hause zurück.«

Einer der Freunde von Paa Franz antwortete schlagfertig:

»Ja, sie soll zu euch zurück, damit ihr sie leichter umbringen könnt! Genauso, wie ihr vor gar nicht langer Zeit ihre Tochter getötet habt! Im Namen des Dorfes hier, in dem ich geboren bin, sage ich euch, daß Frida niemals wieder einen Fuß zu euch setzen wird.«

Der Mann, der so gesprochen hatte, gehörte eigentlich nicht zur Familie von Maa Frida, Iyo oder Paa Franz. Doch er hatte das Recht, im Namen aller Dorfbewohner zu sprechen, weil Maa Fridas Leben die Angelegenheit aller war. Und alle anderen Dorfbewohner waren ebenso unbeugsam wie er. Mein Vater und seine Begleiter gingen wieder fort, ohne meine Mutter davon überzeugen zu können, mit ihnen zu gehen.

Eigentlich ist es nicht meine Aufgabe, zu begreifen, was hier geschehen ist. Das zu begreifen, ist Teil der großen Wissensbereiche, in die ich erst später im Leben eindringen werde. Doch am folgenden Tag bestürme ich Iyo dermaßen mit Fragen, daß sie mir schließlich alles erzählt. Aber vorher läßt sie mich versprechen, daß ich nichts davon irgend jemandem erzählen werde.

»Sprich mir nach: Nichts.«

»Nichts.«

»Niemandem.«

»Niemandem.«

Und auf keinen Fall soll ich jemals verraten, daß sie, Iyo, mir das alles erzählt hat.

»Iyo hat dir überhaupt nichts erzählt, hörst du?«

»Ja.«

»Sonst erzähle ich dir niemals wieder irgend etwas. Und das willst du doch nicht, oder?«

»Nein, Iyo, nein. Das will ich nicht.«

»Dann hör mir zu. Ich werde dir alles erzählen. Im Grunde mußt du diese Geschichte kennen, selbst wenn du noch nicht alt genug bist, um sie zu begreifen. Nun, einige Zeit vor deiner Geburt wurde Ekaï, deine ältere Schwester, sehr krank. Ihre Krankheit schlief nicht wie die meisten Krankheiten – sie war hellwach. Nachts, wenn alle schliefen, stand deine Schwester auf und marschierte aus dem Haus deiner Eltern, um draußen herumzuspazieren.«

»Schien draußen der Mond?«

»Nein, Muana. Genau das war die Krankheit. Draußen war es so finster, daß selbst die Gespenster nicht mehr zu sehen waren. Was suchte die arme Ekaï draußen in der Dunkelheit? Niemand wußte es. Jedenfalls ging sie hinaus, ohne daß jemand es hörte oder bemerkte. Sie irrte durch das Dorf und manchmal sogar bis zur Stadt. Erst am frühen Morgen brachte ein wohltätiger Geist, der sicher zu unserer Familie gehörte, sie nach Hause zurück. Am frühen Morgen! Ganz apathisch oder schlicht eingeschlafen kam sie zurück, was bewies, daß wirklich ein Wesen aus der anderen Welt sie zurückgeführt haben mußte.«

»Welcher Welt?«

»Ach stimmt, Muana, du kennst ja die andere Welt noch nicht. Das ist die Welt der Menschen, die gestorben sind und die wir nicht mehr sehen. Von Zeit zu Zeit kommen sie hervor und leben unter uns, nachdem sie sich einen unsichtbaren Körper gemacht haben, damit wir sie nicht sehen und erkennen können. Und wenn wir sie zufällig mit unseren Augen sehen, dann nennen wir sie Gespenster. Du weißt doch, was Gespenster sind, oder?«

»Ja, und ich habe große Angst vor ihnen. Ich möchte nicht, daß sie mich mitnehmen.«

»Und ich bete jeden Tag zum Himmel, daß sie keinen der meinen mitnehmen. Aber laß mich von deiner armen Schwester Ekaï erzählen. Ihre Krankheit dauerte viele Monde lang. Kein Fetischzauberer konnte sie heilen. Wenn sie morgens früh heimkehrte, legte sie sich gleich ins Bett und klagte über Schmerzen im ganzen Körper. Jeden Tag wiederholte sich das. Die Schmerzen überfielen ihren Körper in der Nacht, während ihrer seltsamen Wanderungen, verschwanden aber im Laufe des Tages. Und ich sage dir, keinem Fetischzauberer gelang es, sie zu heilen. Da beschlossen die Schmerzen plötzlich, sie gar nicht mehr zu verlassen. Von da an litt sie auch am hellichten Tag. Sie litt sehr. Sie hatte solche Schmerzen, daß sie laut schrie. Da gingen eines Tages Mbaka und andere Nachbarn zu deinem Vater. Sie erzählten ihm von einem Heiler, der anders als die übrigen war. Er verlangte kein Geld, bevor er mit der Behandlung begann. Er verlangte kein weißes Hühnchen mit Hundert-Francs-Scheinen an jeder Kralle. Er verlangte keine junge Ziege für ein Opfer, das nur während der Nacht und in seinem eigenen Dorf stattfinden konnte. Er verlangte nichts von dem. ›Und er heilt die Kranken noch am selben Tag‹, bekräftigte Mbaka. ›Oder genauer, in derselben Nacht‹, verbesserte er sich, ›denn dieser Mann heilt nur in der Nacht.‹ – ›Mbaka, wenn ich dich richtig verstehe‹, antwortete dein Vater, ›verlangst du von mir, Jesus Christus höchstpersönlich in unser Dorf bringen zu lassen, oder?‹ – ›Ich weiß, und wir alle wissen, daß du es sicher nicht erlauben würdest, daß Jesus Christus auf die Erde zurückkäme, einzig, um deine Tochter zu heilen. Nein, das ist nicht, was wir von dir wollen. Jedenfalls würde keiner von uns wagen, das von dir zu verlangen. Aber unsere Tochter ist krank, und ihre Krankheit ist deutlicher und deutlicher zu hören. Wir können sie nicht sterben lassen, als gäbe es auf der Welt niemanden, der uns helfen könnte. Wir haben von diesem außergewöhnlichen Mann gehört, der jede nur mögliche Krankheit mit Feuer, Gesängen und Tänzen heilt. Wir möchten dich bitten, den Mann zu rufen, damit er unsere Tochter rettet.‹ – ›Ach, ich verstehe, Mbaka. Ich verstehe, daß ihr mich zu Teufelszeug verführen wollt, von dem ihr euch immer noch nicht freigemacht habt. So lange bete ich schon für euch, und immer noch seid ihr keine Christen! Ein Mann, der mit Feuer, Gesängen und Tänzen heilt! Nicht mit Gebeten, nicht einmal mit den Pflanzen, die Gott geschaffen hat, sondern mit dem Feuer des Satans, den Gesängen Satans, den Tänzen Satans! Und von mir, eurem Pastor, verlangt ihr solch eine Gotteslästerung?‹ Trotz der Antwort deines Vaters bestanden Mbaka und die anderen darauf, und schließlich gelang es ihnen, ihn zu überzeugen. Also wurde der Mann mit seinem Feuer, seinen Gesängen und seinen Tänzen herbestellt. Eines Abends dann kam er, mit all seinen Musikern. Das muß man gesehen haben. Dein Vater blieb fern, denn er wollte vor den Leuten nicht zugeben, daß er, der Mann Gottes, dem Teufel erlaubt hatte, zu ihm zu kommen. Dabei ging es um die Heilung seiner eigenen Tochter! Was für ein Mensch! Ich frage mich immer noch, warum ich ihm erlaubt habe, meine Tochter zu heiraten …«

»Von wem sprichst du jetzt?«

»Von deinem Vater, Muana, von deinem Vater! Mögen der Himmel und die Erde mir verzeihen – aber du bist wirklich noch zu klein, als daß ich dir von all diesen Dingen erzähle.«

»Iyo, erzähl mir trotzdem, was passierte, als der tanzende Mann angekommen war.«

»Im Hof hinter dem Haus deines Vaters wurde ein großes Feuer angezündet. Ein sehr, sehr großes Feuer, das alle in helles Licht tauchte. Denn das ganze Dorf war gekommen. Und so hat es sich dann zugetragen, Muana. Ich erzähle es dir. Im Innern des Hauses lag deine Schwester Ekaï auf einer Bambusmatte auf dem Boden. Von Zeit zu Zeit hörte man sie einen Schmerzensschrei ausstoßen: ›Au! Es tut weh, es tut so weh, überall tut es mir weh!‹ Dann war sie wieder still. Da begannen der Heiler und seine Männer die Trommeln zu schlagen und sehr, sehr laut zu singen. Bald wurde der Heiler vom Rhythmus mitgerissen und begann zu tanzen. Zu tanzen und zu singen. Er tanzte und sang und sang und tanzte. Da bricht die Musik plötzlich ab. Alle sind überrascht und ganz still. Aus der Tiefe seines Bauches läßt der Heiler eine donnernde Stimme hervortreten und fragt: ›Ekaï, du sagst, du leidest. Sag, wo sitzt deine Krankheit jetzt?‹ Kurz danach hörten wir aus dem Innern des Hauses Ekaïs müde Stimme antworten: ›Der Schmerz ... Ich spüre ihn jetzt im Kopf. Er ist im Kopf.‹ Gleich setzten die Gesänge und der Tanz mit aller Kraft wieder ein, während andere Männer noch mehr Holz auf das große Feuer legten. Gesang und Tanz gehen einen Augenblick weiter, dann brechen sie wieder ab. Und der Heiler fragt wieder mit seiner eindrucksvollen Stimme: ›Ekaï, du sagst, du leidest. Sag, wo sitzt deine Krankheit jetzt?‹ – ›Der Schmerz ist in die Schultern gegangen‹, antwortet sie. Der Tanz und die Gesänge gingen mit aller Kraft weiter. Jedesmal, wenn sie abbrachen und der Heiler Ekaï fragte, wo im Körper es ihr weh tut, war der Schmerz den Körper entlang ein Stück hinabgestiegen. Schließlich hatte er die Füße erreicht. Da sagte der Heiler: ›Jetzt, wo der Schmerz in den Füßen ist, steh auf, damit er in die Erde versinkt. Hörst du mich?‹ – ›Ich stehe‹, antwortete Ekaï mit fester Stimme. Der Heiler fragte nach: ›Ekaï, wo tut es dir jetzt noch weh?‹– ›Es tut mir nicht mehr weh‹, antwortet sie. – ›Wirklich?‹ – ›Wirklich.‹ – ›Wenn das so ist, dann komm jetzt aus dem Haus und tanze mit uns‹, befahl der Heiler. Und weißt du, Muana, deine Schwester kam gleich drauf heraus und lief zu dem Mann des Feuers, des Gesangs und des Tanzes und tanzte mit ihm.«

»Wirklich, Iyo?«

»Wirklich, Muana.«

»Wenn sie aber nicht gestorben ist, wo ist sie dann heute?«

»Warte, ich habe dir noch nicht das Ende erzählt. Nachdem der Heiler fortgegangen war, kam dein Vater im Morgengrauen des nächsten Tages zurück. Als er hörte, daß seine Tochter geheilt worden war und daß sie sogar getanzt hatte, wurde er entsetzlich zornig. Er sah nicht, daß seine Tochter nicht mehr litt. Daß sie vom Tode bewahrt worden war. Er hatte nur im Sinn, daß seine Tochter, die Tochter des Pastors der Religion der Weißen, ›mit dem Teufel getanzt‹ hatte. ›Und das noch dazu bei mir zu Hause!‹ Er äußerte so viele Beleidigungen gegen ›diese Zauberer, die sich anmaßen, sich mit Jesus gleichzustellen und Kranke zu heilen‹, bis das Ekaïs Heilung allmählich verminderte und schließlich ganz zunichte machte. Kaum sechs Monate nach dieser Wundernacht ist Ekaï gestorben, ohne daß wir je hätten verstehen können, weshalb. Oder woran sie gestorben ist. Ich glaube, zum Schluß ist sie an der üblen Zunge deines Vaters gestorben. Seine Bemerkungen haben die Kräfte der Dunkelheit angestachelt, sich wieder auf Ekaï zu werfen und sie schließlich zu besiegen. Seit damals ist meine Tochter Frida niemals wieder richtig gesund gewesen. Weißt du, daß sie bei deiner Geburt fast gestorben wäre? Ach Muana, wozu erzähle ich dir von Dingen, von denen du noch gar nichts verstehst?«

7

Iyo weiß nicht, daß ich an jenem Tag alles verstanden habe, als sie mir diese Geschichte auf der Grundlage einer stillschweigenden Übereinkunft erzählte, die ich niemals in meinem Leben vergessen werde. Im Namen dieser Übereinkunft bin ich meiner Großmutter ein bißchen böse, daß sie sich mir gegenüber manchmal wie die anderen Erwachsenen benimmt, die mich allzu leicht auf meinen Platz als »Kleiner« verweisen. Das gefällt mir nicht besonders. Ohne ihr eine einzige Frage zu stellen und ohne den geringsten Kommentar über das, was sie mir gerade erzählt hat, gehe ich hinaus, um draußen allein zu sein.

Der nahende Abend verfliegt mit dem leichten Wind, der frisch vom Fluß herüberweht. Der Wind riecht nach gegrilltem Fisch. Die Männer sind gerade vom Fischfang zurückgekommen und damit beschäftigt, ihr Gerät vom Strand hochzutragen. Morgen ist der Tag der Reparaturen. Man wird die Wurfnetze, Käscher und Reusen überprüfen, und die Maschen der Netze werden für zukünftige Abenteuer auf dem offenen Meer neu geknüpft. Ich werde zuschauen, wie die Männer im Schatten des riesigen Palaverbaumes auf dem Dorfplatz ihre Arbeit tun.

Dieser Baum ist ein wahres Denkmal, das die Natur dort in den Mittelpunkt unseres Lebens gepflanzt hat. Man sagt, der Baum sei der irdische Vertreter Nyambés, des Schöpfers der Bantu. Deshalb haben Männer und Frauen, Alte und Kinder großen Respekt vor ihm. Alles Fischereigerät ist im Schatten seines Blätterwerks hergestellt worden, »um seinen Segen zu erhalten«. Man sagt das mit leiser Stimme, denn die Geister mögen es nicht, daß die Menschen um ihre Geheimnisse wissen.

Morgen wird es bestimmt ebenso schön wie heute. Seit einigen Tagen hat der Himmel über Duala den grauen Farbton der Regenzeit abgelegt. Das macht die Abende bei uns fröhlicher, besonders, wenn Onkel Toko die Abenddämmerung mit dem Klang seines Saxophons begrüßt. Gerade jetzt tut er das. Schnell überquere ich den Platz und stehe vor dem Fenster, aus dem die Musik ertönt. Seitdem das Instrument angekommen ist, hat Onkel Toko enorme Fortschritte gemacht. Wenn er jetzt spielt, erkennen wir schon alle die Melodie, die er spielt, und summen sie mit. Iyo sagt, daß die Trompete, die er vorher spielte, bei den Dorfbewohnern nie soviel Interesse hervorgerufen hat. Er hatte also recht, das Instrument zu wechseln. Obwohl …

»Ich hoffe, daß er uns mit dem Pfeifending der Weißen nicht alle verzaubert«, sagte meine Großmutter eines Tages.

Über diese in vollem Ernst ausgesprochene Hoffnung lachten alle, die es hörten. Auch Paa Franz lachte, der nicht oft lacht. Vielleicht wäre er am Ende gar nicht unglücklich, wenn das Gerücht umginge, Onkel Tokos Instrument mit dem seltsamen Namen »Sako … Saka … Sakassophon« sei in Wirklichkeit eine singende Pfeife, welche die Weißen mit der Absicht hergestellt hätten, die Menschen unseres Dorfes und alle anderen Menschen unseres Landes, die sie zufällig hören sollten, zu verzaubern. »Die Weißen bringen so viel zustande, Freunde, ihr solltet mißtrauisch sein«, fügte Iyo mit scheinbar unschuldiger Miene hinzu. Und ihr Sohn Paa Franz glaubt ihr so felsenfest, wie man seiner Mutter glaubt, wenn man kein Kind mehr ist.

In der Tat gilt die Aufmerksamkeit des Dorfes seit einiger Zeit immer mehr Onkel Tokos »Saka ... Sako ... Sakassophon« und dessen Zauberklang. Als Folge davon finden sich jeden Abend weniger Menschen ein, um dem Zauberkasten von Paa Franz zu lauschen. Trotz der Aida-Benzinlampe, die mit ihrem weißen Licht die Gesichter der Zuschauer erhellt und sie vor dem Hintergrund der schwarzen Nacht grau erscheinen läßt. Trotz des Biers, das Paa Franz seinen abendlichen Besuchern großzügig ausschenkt. Obwohl er neue Schallplatten gekauft hat, die immer noch schönere Lieder zu uns bringen. Und obgleich ein neuer Sänger namens Tino Rossi seit einigen Wochen die Ohren und die Geister verwirrt. Seine Art zu singen bringt unser Leben durcheinander. Er singt und singt, und am Ende macht er »Tchi-Tchi«. Die Menschen fragen sich: »Was bedeutet dieses ›Tchi-Tchi‹? Ist er krank, dieser Weiße?«

Sogleich nimmt eine endlose Diskussion ihren Anfang:

»Das ist kein Weißer, der da singt, das ist eine weiße Frau.«

»Nein, keine Weiße singt so. Wenn eine Weiße singt, dann klingt das anders. Das klingt so: ›cuu ... cuuu ... cuuuu.‹ Und du hörst sie ganz hoch oben. Denn wenn eine Weiße singen will, dann verschluckt sie erst ein kleines Vögelchen, das sie fest in ihrer Kehle hält. Darum macht ihre Stimme ganz hoch ›cuuu … cuuuu …‹ Ganz, ganz hoch, wie ein Vogel. Darum ist das in dem Kasten keine Frau, sondern ein Mann.«

»Ach was! Hast du schon mal einen Mann gesehen, der wie eine Frau singt und ›tchi-tchi‹ macht, als wäre er krank?«

»Ich sage dir noch einmal: Das ist ein Mann. Wieviel wettest du? Sag, wieviel wettest du?«

»Warum wetten? Habe ich etwa Geld für eine Wette? Wenn du sagst, daß der Sänger ein Mann ist – dann sag es eben. Und ich denke, es ist eine Frau. Das ist alles, da brauche ich nicht zu wetten. Wir bleiben beide bei unserer Meinung, in Ordnung?«

Für den Augenblick ist die Diskussion beendet. Morgen abend wird sie fortgeführt werden, wenn die einen oder anderen noch einmal Tino Rossi »tchi-tchi« haben singen hören, »als wäre er krank«, und sich wieder über das Geschlecht eines ihnen unbekannten weißen Sängers das Hirn zermartern.

Gleichviel. Im Augenblick machen Onkel Tokos Fortschritte auf dem Saxophon Paa Franz einige Sorgen. Denn er mag es, wenn die Leute abends zu ihm kommen, um Schallplatten zu hören. Das gehört zu seinem Ansehen als gebildeter Mann mit einer Arbeit in der Stadt und als einziger Besitzer eines Grammophons, das alle den Zauberkasten nennen. Das denkt jedenfalls Iyo. Sehr laut manchmal. Eines Tages überrasche ich sie, als sie mit so laut vernehmlicher Stimme denkt, als wolle sie ihr ganzes Inneres vor mir ausbreiten. Die Dorfbewohner sollten sich wirklich nicht von dem respektablen Kasten zugunsten eines Saxophons abwenden, »das nicht einmal wie das Grammophon alle Stücke mehrstimmig spielen kann«. Als meine Großmutter diesen Gedanken äußert, finde ich sie wirklich unerträglich.

»Und warum«, fährt sie fort, »spielt Toko auch noch am Abend, wo wir sein Instrument doch schon den ganzen Tag über gehört haben?«

Offensichtlich ergreift Iyo in dieser Angelegenheit die Partei von Paa Franz. Wahrscheinlich weil er ihr Sohn ist, wie mir »der Dummkopf Yango« erklärt hat, der wiederum der Sohn des beschuldigten Musikers ist.

»Und wer ist Onkel Tokos Mutter?« frage ich meine Großmutter.

»Sie ist gestorben. Vor langer Zeit, bevor du auf die Welt gekommen bist.«

Diese Antwort läßt mich nachdenklich werden. Gestorben, bevor ich auf die Welt gekommen bin? Wie konnte das geschehen? Wie konnte Onkel Tokos Mutter sterben, wenn ich später geboren werden würde? Ich frage Iyo noch einmal: »Als sie starb, war sie da erwachsen wie du oder ein Kind wie ich?«

Iyo schaut mich an, sichtbar sprachlos. Trotzdem antwortet sie, obwohl ihr die Antwort nicht so leicht fällt wie gewöhnlich:

»Als Tokos Mutter starb, war sie ... war sie natürlich erwachsen ... wie ich, Muana. Sonst hätte sie nicht einen so großen Sohn wie Toko hinterlassen.«

»Dann sterben Kinder nicht?«

»Ach, Muana, wovon sprichst du denn? Manchmal kann es vorkommen ... Es kann vorkommen, daß Kinder wie du ... Nein, sprechen wir von etwas anderem!«

»Warum?«

Iyo weiß selbst nicht, warum wir von anderen Dingen sprechen sollen, wenn ich die Antwort auf eine Frage erwarte, die ich in aller Unschuld gestellt habe.

»Sprechen wir von etwas anderem. Oder, wenn du willst ... Sicher, es kann vorkommen, daß kleine Kinder sterben. Aber wenn das passiert, dann hinterlassen sie keine Kinder.«

»Und was hinterlassen sie?«

»Sie hinterlassen sehr, sehr traurige Eltern, die weinen und weinen und weinen.«

»Wenn das so ist, Iyo, dann werde ich nicht sterben. Weder jetzt noch wenn ich groß bin. Damit ich keine traurigen Eltern hinterlasse, die weinen und weinen.«

»Möge Nyambé dich hören«, antwortet Iyo mit einer Miene, die mir klar zu verstehen gibt, daß sie nichts von dem glaubt, was ich gerade gesagt habe.

Für einige Augenblicke lauschen wir beide der Stille unseres Gesprächs. Ich atme mit weiten Nasenlöchern die feuchte Luft, sie amüsiert sich über die Treuherzigkeit des kleinen Jungen, der noch mit dem Traum von der Ewigkeit spielt, der seit Jahrtausenden das Leben der Menschen aufheitert. Ich werde nicht sterben, um keine traurigen Eltern zu hinterlassen, die sich in ihren eigenen Tränen ertränken würden. Warum zum Teufel entscheiden sich nicht alle so wie ich? Ich bin sicher, das gäbe dem Leben eine andere Farbe. Auf jeden Fall wäre Onkel Tokos Mutter nicht gestorben. Sie wäre am Leben geblieben, um ihren Sohn zu beschützen, wenn Iyo etwas Schlechtes über ihn sagt. Sie könnte sogar gleich zum Angriff übergehen und über Paa Franz Dinge erzählen, die Großmutter nicht gern hören würde und denen sie dann widersprechen müßte. Ich vermute, der Gegenschlag wäre schrecklich. Um aber ehrlich zu sein, nicht einen einzigen Augenblick lang möchte ich mir Iyo im Streit vorstellen, selbst nicht um die Ehre ihres Sohnes zu verteidigen, oder ganz einfach, um ihre Sache in irgendeiner Angelegenheit zu vertreten. Deshalb habe ich während dieses Augenblicks der Stille die Frage vollständig durchwandert: Angesichts der gegenwärtigen Lage im Dorf, wo sich ein Saxophon und ein Grammophon um eine kleine Nachtmusik streiten, ist es ganz gut, daß Onkel Tokos Mutter nicht mehr lebt. Plötzlich spüre ich, wie mir jemand in meinem Kopf oder vielleicht in meinem Herzen sehr entschieden sagt, daß mein Entschluß, niemals zu sterben, ganz ungerecht ist. Zum ersten Mal seit meiner Geburt habe ich dieses Gefühl. Plötzlich ergreift mich Angst. Ich werfe mich in Großmutters Arme.

»Was ist denn, Muana?« fragt sie mich überrascht.

»Beschütze mich, Iyo, beschütze mich. Er kommt näher, er kommt ...«

»Wer kommt?«

»Da ... da ... Ich sehe ihn. Er läßt die Kinder sterben. Und wenn sie gestorben sind, sind die Eltern traurig und weinen und weinen. Beschütz mich, Iyo!«

»Ach, Muana, beruhige dich! Ich sehe niemanden. Und du weißt doch, daß niemand dir etwas Böses tun kann, wenn ich bei dir bin. Sei ruhig, sei ruhig, mein Muana, mein großer Muana.«

Ihre Worte flößen mir Mut ein.

Langsam beruhige ich mich. Einige Augenblicke später frage ich sie:

»Iyo, gibt es Menschen, die nicht sterben?«

Diese Frage verwirrt sie nun vollständig. Sie stellt mich vor sich auf den Boden und sieht mir direkt in die Augen, wie um besser zu verstehen, was in mir vorgeht.

»Was hast du denn, Muana? Du sprichst, als stünde uns ein Unglück bevor. Hast du etwas im Jenseits gesehen? Sag mir, was geschieht.«

Diesmal bin ich es, der nichts versteht. Ich stelle eine einfache Frage, und meine Großmutter ist gänzlich verwirrt. Menschen, die sterben oder nicht sterben – das ist doch bestimmt eine wichtige Frage. Doch Iyo hat nicht wie sonst gesagt: »Das wirst du begreifen, wenn du groß bist.« Ich lasse also ihren Blick auf mir ruhen, überzeugt davon, daß sie mir am Ende eine Antwort geben wird. Meinerseits mache ich mich daran, ihre erstaunte Miene zu betrachten. Auf ihrer Stirn sind zwei Falten, die sich nach oben verschoben haben. Sie können sich in dieser neuen Position nicht besonders wohl fühlen. Ich schließe daraus, daß die Stirnfalten eine Stufe nach oben steigen und sich unwohl fühlen, wenn man überrascht ist. Die Augen meiner Großmutter sind seit dem Augenblick, als sie zu fürchten begann, daß ich ein nahes Unglück für unsere Familie ankündigen werde, weit aufgerissen. Ich kenne diese Augen gut. Ich weiß, daß sie in normalen Zeiten nicht so weit aufgerissen sind, wie ich sie jetzt sehe. Die Lider sind fast unbewegt. Der Mund scheint seine halb geöffneten Lippen gut zu kontrollieren, aber diese finden keine Worte, welche die faltige Überraschung der Stirn begleiten könnten. Wirklich, Iyo dort vor mir zeigt mir ein sehr seltsames Gesicht. Böswillig frage ich mich, welche andere erschreckende Frage ich ihr später einmal stellen könnte, um wieder diesen erstaunlichen Ausdruck auf ihrem Gesicht zu sehen.

Dann erlangt die Stirn nach und nach das Aussehen einer ruhigen Mauer unterhalb des Feldes grauer Haare zurück. Der Mund schließt sich, während ein Seufzen anzeigt, daß der Atem zurückgekehrt ist. Schließlich sagt Iyo:

»Muana, der Tod ist nichts, worüber du Späße machen darfst. Man spricht nicht so über ihn, wie du es tust. Und er ist kein guter Gesprächsgegenstand für Kinder, denn über ihn zu sprechen, bringt immer Unglück. Du mußt lernen, über ihn zu schweigen. Aber da du mich gefragt hast, will ich dir antworten. Danach werden wir nie mehr von dieser bösen Sache sprechen, die überall umherschweift, als hätten wir sie gebeten, um uns herumzuschleichen. Weißt du, Muana, ich kenne keine Menschen, die nicht sterben. Alle Menschen müssen eines Tages sterben. So ist das Leben eingerichtet.«

»Aber das Leben ist doch nicht der Tod!«

»Das stimmt. Aber das Leben kennen wir, weil es auch den Tod gibt. Wenn es den Tod nicht gäbe, gäbe es auch das Leben nicht. Wie dem auch sei, du mußt wissen, daß alle Menschen sterben können. Niemand lebt für alle Fluten. Niemand, Muana.«

»Niemand? Selbst die Weißen nicht?«

»Ach, Muana, da stellst du mir eine Frage, die ich nicht beantworten kann. Ich kenne die Weißen nicht, und ich glaube, sie sind so anders als wir, daß sie vielleicht nicht einmal sterben. Paa Franz arbeitet in der Stadt, und ich habe ihn gefragt, ob er jemals eine Beerdigung von Weißen gesehen hat. Er sagt, daß er so etwas noch nicht gesehen hat, aber er ist überzeugt, daß die Weißen genauso sterben wie wir.«

»Warum sind sie dann weiß, wenn sie doch wie alle Menschen sterben müssen?«

Iyo weiß es nicht. Glücklicherweise kommt Paa Franz gerade herein. Meine Großmutter erzählt ihm kurz von unserem Gespräch und sagt ihm, wie überrascht sie war, von mir solche ganz unerwarteten Fragen zu hören. Ob das nicht ein schlechtes Vorzeichen für unsere Familie sei. Aber ich bleibe dabei, und bevor mein Onkel Zeit hat, ein Wort zu sagen, frage ich ihn:

»Sterben die Weißen auch?«

»Ich glaube, ja«, sagt er. »Genau weiß ich es nicht, Muana. Aber ich weiß bestimmt, daß sie leben. Und trotz allem, was wir von ihnen halten mögen, sind sie nicht auf die Welt gekommen, um uns weh zu tun.«

»Mein Sohn«, unterbricht Iyo, »woher weißt du, daß sie uns nicht weh tun werden?«

»Weil sie ein Herz haben.«

»Wie wir?«

»Wie wir. Ein Herz, das Gut und Böse unterscheiden kann. Und das wie unseres schlägt. Das wie unseres den Tanz des Lebens begleitet. Sehr stark schlägt ihr Herz den Takt dieses Tanzes – also leben sie. Und wie bei uns hört ihr Leben an dem Tag auf, an dem das Herz des Guten und des Bösen in ihrer Brust zu tanzen aufhört. Das ist der Tod, dann beginnt die große Reise in das Land von Nyambé.«

»Wer ist Nyambé?« frage ich.

»Nyambé? Das ist der Schöpfer der Lebewesen und der Dinge.«

»Kennst du ihn?«

»Nein, Muana. Noch lebe ich. Wir sehen Nyambé erst nach dem Tod, wenn wir beerdigt worden sind.«

»Und warum muß man beerdigt werden?«

»Um zu Nyambé zu gelangen, muß man in die Erde. Denn Nyambé lebt im Zentrum der Erde.«

»Wenn man beerdigt worden ist, ist man nicht mehr tot?«

»Nein, dann ist man nicht mehr tot. Wenn man beerdigt ist, lebt man unter der Erde bei Nyambé.«

All das macht mich eher ratlos. Was Paa Franz gerade gesagt hat, ist ganz und gar nicht, was mein Vater mir beigebracht hat. Der hat mir von Gott erzählt, der im Himmel ist. Und dann, vergangenen Abend, hat auch meine Großmutter mich dasselbe glauben lassen. Darum frage ich sie:

»Iyo, Nyambé ist auch Gott, oder?«

»Ja, ich glaube.«

»Aber als Vater mir von Gott erzählt hat, hat er mir gesagt, daß er im Himmel lebt und …«

»Ja«, unterbricht mich Paa Franz. »Ja, aber dein Vater liest die Bücher der Weißen. Das ist nicht das Wissen unserer Vorfahren. Wenn Gott im Himmel ist, warum werden die Toten dann niemals dort oben beerdigt?«

Bei dieser Bemerkung höre ich auf, Fragen zu stellen. Ich habe das sehr deutliche Gefühl, daß die Welt aus unterschiedlichem Wissen besteht. Vielleicht ist das der Grund, weshalb Iyo und Paa Franz meinen Vater nicht besonders mögen. Ich habe sie noch nie im guten von ihm sprechen hören. Das alles sage ich mir in meinem Innersten, aber man könnte glauben, daß meine Großmutter in den Tiefen meiner Gedanken lesen kann.

»Ich weiß nicht«, sagt sie zu mir, »was die Bücher der Weißen enthalten. Aber sie sind später zu uns gekommen als das Wissen unserer Vorfahren. Dieses Wissen, ohne das wir nicht leben können, dürfen sie nicht verdrängen.«

Paa Franz ist mit Frida, mit der er »etwas zu besprechen« hat, zu sich nach Hause gegangen. Ich bleibe mit Iyo allein. Um mich zu unterhalten, erzählt sie mir eine kleine Geschichte aus der Zeit ihrer Kindheit. »Zwei junge Fische streiten sich um eine Braut. Sie kämpfen mit Flossenschlägen, denn Fische haben keine Fäuste, mit denen sie sich prügeln könnten. Ein Haifisch trifft auf die beiden Rivalen und ihre Braut. Er verschlingt sie alle drei. Und die Moral davon: Schlagt euch niemals vor einem Haifisch um eine Braut. Als gäbe es für die Dummköpfe, die sich unbedingt um eine Frau prügeln wollen, keine anderen Mädchen auf der Welt. Das war die Geschichte.« Ich finde sie lustig und lache aus vollem Halse.

Aber Iyo vergißt nicht, daß sie mich dringend waschen muß, um die üblen Folgen abzuwenden, die unser gefährliches Gespräch über den Tod für mich haben könnte. Hinter dem Haus wäscht sie mich von den Füßen bis zum Kopf mit riesigen Mengen Wasser. Dann, nachdem sie mir Arme und Beine, den Bauch und das Gesicht mit Palmöl eingerieben hat, macht sie sich daran, mir das Leben in die Hand zu rechnen.

»Gib mir deine rechte Hand.«

Ich strecke die rechte Hand aus. Meine Großmutter nimmt meine Hand, schließt sie, bis meine fünf Fingerspitzen die offene Handfläche berühren, und zählt:

»Hier ist das Leben, Muana. Ich zähle dir das Leben in deine Hand. Ich zähle einmal, zweimal, dreimal, vier-, fünf-, sechs-, sieben-, acht-, neunmal. Ich habe das Leben neunmal gezählt. Du hast es in deiner Hand.

Damit das Böse es dir nicht wegnimmt. Es gehört dir.«

Seither kann mir nichts Böses mehr geschehen. Auch der Tod, der vorhin, als wir von ihm sprachen, um uns herumschlich, ist geflohen, als er sah, was meine Großmutter tat. Jetzt weiß ich, daß ich wie alle Menschen bin – ich werde nicht für immer und ewig den endlosen Kreislauf der Gezeiten leben, aber ich werde nicht sterben, bevor ich nicht lange Zeit mein eigenes Leben gelebt habe. Lange und noch länger. Wie die Großen, wenn ich groß sein werde.

8

»Bald wirst du groß sein, Muana«, versichert mir Ekalé. »Die Jahre vergehen schnell, weißt du.«

Nach ihrer Genesung war Ekalé in ihr fernes Dorf zurückgekehrt. Mehrere Mondzeiten und noch mehr Fluten hatten ihre Abwesenheit mit einer leisen Melodie begleitet. Ihre Abwesenheit traf mich sehr, obwohl ich, ehrlich gesagt, den Grund dafür nicht verstand. Als hätte Ekalé eine Lücke in dem Dorf der Freundschaft hinterlassen, das ich in meinem Herzen für sie errichtet hatte. Außerdem hatte ich den Eindruck, daß ich langsamer wuchs, seitdem die »kleine Großmutter« fortgegangen war. Weil sie nicht mehr da war und die Tage anlächelte, damit sie schneller vergingen und ich schneller größer würde. Ich war überzeugt, daß in ihrer Abwesenheit Gegenwart und Zukunft langsamer verstrichen als zuvor. Kinder haben manchmal solche Vorstellungen.

Dann, eines Tages, ohne daß jemand davon gewußt hätte, war sie wieder da und kam zu meiner Großmutter. »Sie erwartet ein Kind«, hatte Iyo mir zugeflüstert. »Sie braucht mich jetzt. Sie braucht jetzt jemanden, der sich mit ihren inneren Problemen auskennt.« Ich verstand, was das bedeutete, denn in der Zwischenzeit hatte ich in meinem Kopf Kenntnisse angesammelt und viele Dinge verstehen gelernt. Mein Cousin Yango, der mich aber nur scheinbar mag, bringt mir jetzt oft Dinge bei, über die Iyo vielleicht niemals mit mir sprechen wird. Sie sieht nämlich nicht, daß ich wachse. Sie ist zu sehr mit ihren Kranken beschäftigt. Sie liebt mich sehr, sieht mich aber nicht wirklich. Für sie bleibe ich Muana und werde es immer sein. Der kleine Muana, den sie immer als kleinen Muana gekannt hat. Wenn eines Tages jemand sie darauf aufmerksam machte, daß ich ein Mann geworden bin, so groß wie die anderen Männer, würde sie das gar nicht hören wollen. Selbst wenn sie mich dann sähe, würde sie es nicht glauben. Ich glaube, ich passe ihr als kleiner Muana ganz gut. Und größer würde ich sie stören. Ich glaube, für sie als Großmutter ist der beruhigendste Gedanke der an den ganz kleinen Jungen, der ich einmal war. Der kleine Junge, den sie vor dem Tode bewahren konnte, als er einmal fast alle Kinder unseres Dorfes fortraffte. Maa Frida hat mir erzählt, wie Iyo damals meinen Nabel mit einer Maske aus Pflanzen bedeckte, deren Geheimnis nur sie kennt. Hinter dieser Maske verberge ich mich noch heute, wenn ich merke, daß der Tod sich mir nähert und mich fortzutragen versucht. Mit diesem Schutzschild auf meinem Bauch bin ich sicher, daß ich niemals sterben werde. Ja, für meine Großmutter bin ich immer noch jener kleine Muana, und ich habe den Eindruck, daß nichts sie dazu bringen könnte, mich anders zu sehen. Ob es ihr aber gefällt oder nicht, ich wachse. Und genau das bereitet mir selbst Sorgen: daß die Zeit nicht schnell genug verstreicht, daß ich nicht noch schneller wachse und das Wissen der Großen erlange. Daher geht mir Ekalés Ermunterung direkt ins Herz.

»Du wirst bald groß sein, Muana«, sagt sie. »Die Jahre vergehen schnell, weißt du.«

Sie weiß Bescheid über die innere Unruhe, die in mir wohnt, seitdem mir bewußt geworden ist, daß ich auf der Leiter des Wissens ganz unten stehe. Die Großen wissen etwas und haben das Recht, etwas zu wissen. Kinder nicht. So hat es die Tradition entschieden. Ich mag das nicht, aber ich kann es nicht ändern. Einzig die Jahre werden mir helfen, aus der Empörung herauszugelangen, die instinktiv, aber auch nutzlos in mir grollt.

Ekalé erwartete ein Kind, konnte es aber nicht haben. Nun will sie nicht wieder von Iyo fortgehen, obwohl sie sich seit langem von dem erholt hat, was ihr geschehen ist. Sie will nicht mehr fortgehen, weil ihr Ehemann und die Männer ihres fernen Dorfes sie nicht ein einziges Mal besucht haben, seit sie bei meiner Großmutter ist. Nicht ein einziges Mal, während viele, viele Monate unter unseren Augen vergingen. Das ist unerträglich. Nicht einmal ein Bote ist gekommen, der überraschend eine Nachricht von ihrem Mann und ihrem Dorf gebracht hätte. Nichts. Ekalé nahm das zum Anlaß, sich von der Last in ihrem Bauch zu befreien, die sie schwerer und schwerer ertrug. So jedenfalls erklären böse Zungen das, was geschehen ist. Eines Morgens stieg sie mit dem vollen Wasserkrug auf dem Kopf vom Flußufer herauf, über den steilen Pfad, der hinter dem Haus von Paa Franz endet. Sie rutschte auf einem glatten Stein aus. Sie fiel auf den Rücken. Ihr Krug zerbrach in tausend Stücke, und auch sie selbst hatte sich einiges gebrochen. Die Frucht in ihrem Innern wurde dabei völlig zerdrückt und verwandelte sich in Blut, und das ganze Blut kam heraus. So hat mir Großmutter das schmerzliche Ereignis erklärt. Ekalé blieb lange krank. Dennoch hat sie selbst sogar lange nach dem Unfall nie mit mir darüber gesprochen. Und heute spricht sie seit langer Zeit zum ersten Mal mit mir. Ich bin ganz überrascht. Ich bin auch sehr glücklich, denn ich mag sie gern. Sie hätte meine Großmutter sein können, denn sie trägt denselben Namen. Sie hätte nur lernen müssen, schneller als Iyo alt und die Mutter von Maa Frida und Paa Franz zu werden. Ich finde, das wäre nicht sehr schwer gewesen. Warum bloß hat Ekalé das nicht lernen können? Sie wäre die schönste Großmutter der Erde geworden. Zudem die jüngste, denn in meinem eher vernebelten Verstand ist es klar, daß sie so jung geblieben wäre, wie sie jetzt ist. Wie dem auch sei, heute macht sie mich glücklich und spricht mit mir, was sie seit vielen, vielen Tagen nicht getan hat. Und doch, was sie soeben gesagt hat, wundert mich ein wenig. Darum frage ich sie: »Ekalé ... Oh, Entschuldigung, *Kleine Iyo*! Jahre sind doch wie die Zeit, stimmt's?«

»Nein«, sagt sie. »Jahre sind Jahre. Und die Zeit ist die Zeit. Wenn du Zeit hast – das bedeutet nicht, daß du die Jahre hast. Verstehst du das?«

Ich weiß nicht, ob ich das verstehe, aber immerhin beruhigt mich diese Antwort. Denn sie läßt unbeschädigt, was Großmutter mir kürzlich beigebracht und bewiesen hat: Die Zeit vergeht nicht. Ekalé hat mir gerade ein neues Wissen geschenkt, nämlich, daß die Jahre vorübergehen, während die Zeit unbeweglich bleibt. Daher ist in meinem Kopf alles im Gleichgewicht.

»Die Zeit ist wie das Wasser im Fluß«, sage ich.

»Ja. Die Zeit, das sind die Fluten. Während wir überhaupt nicht wissen, was Jahre sind. Man sieht sie nicht, man berührt sie nicht, man schöpft nicht aus ihnen. Sie gehen vorbei. Sie gehen in Höchstgeschwindigkeit vorbei, das wirst du bald merken. Aber niemand kann dir sagen, was sie sind. Man weiß nur, daß sie die Kinder wachsen lassen. Bald wirst du groß sein, Muana. Und übrigens werde ich dich langsam darauf vorbereiten müssen. Ich lasse dich nicht erwachsen werden, ohne daß du es kannst.«

»Ohne daß ich was kann?«

»Tun, was ein Mann macht.«

»Aber ich bin kein Mann. Ich bin ein Kind. Iyo hat das gesagt.«

»Stimmt. Sie hat recht. Aber ich mache aus dir einen Mann, wenn ...«

»Wenn? Wenn was?«

Sie kommt an mich heran, legt ihren Arm um meinen Hals und flüstert in die Windungen meines Ohres:

»Wenn du niemandem etwas sagst.«

Ich bin verwirrt. Ich weiß nicht weshalb, aber Ekalé verwirrt mich plötzlich. Ein Gefühl, das ich bisher nicht kannte.

»Aber woher willst du wissen, daß ich niemandem etwas gesagt habe?«

»Ich weiß es, wenn niemand darüber spricht.«

»Und du möchtest, daß niemand darüber spricht?«

»Natürlich, Muana. Sonst würde ich dich nicht bitten, darüber zu schweigen. Also?«

»Gut, versprochen. Weil du es bist. Ich werde niemandem etwas verraten. Ich werde nicht einmal sagen, daß es ein Geheimnis ist. Und auch nicht, daß du von mir verlangst, nicht darüber zu sprechen.«

»Sehr gut, Muana. Du sprichst wie ein Mann. Also, komm jetzt mit mir. Ich bringe dir das Leben bei.«

Ich folge ihr, ohne zu verstehen, was sie soeben gesagt hat.

Zu dieser Nachmittagsstunde ist es im ganzen Dorf ruhig. Die Frauen sind noch auf den Feldern und im Wald, wo sie alle Tage bis zum nahen Sonnenuntergang arbeiten. Auch die Männer werden vom Fischfang nicht früher zurückkehren. Iyo ist ständig damit beschäftigt, sich um Patientinnen zu kümmern. Man könnte denken, daß sie nichts von dem wissen will, was außerhalb kranker Bäuche geschieht. Sie behandelt und heilt ohne Unterlaß, bei gutem wie bei schlechtem Wetter. Und Maa Frida ruht in ihrem Zimmer.

Ekalé nimmt mich an der Hand und führt mich in ihr Haus, das etwas weiter enfernt steht, nahe dem Haus von Paa Franz. Wir treten ein. Wir sind in ihrem Zimmer. Nur wenig Licht dringt herein. Ich sage nichts. Meine Augen gewöhnen sich bald an das Zwielicht. Ekalé zieht sich sehr schnell aus. Ich sehe sie nackt dort vor mir. Ich versuche, sie darauf aufmerksam zu machen, denn ich glaube, sie weiß nicht, daß sie nackt ist. Doch als sie sieht, daß ich zu sprechen ansetze, hält sie mir mit einer Hand den Mund zu und macht »Psst!« Und während sie mir mein rotes Höschen auszieht, spricht sie mit sehr, sehr leiser Stimme weiter:

»Sei still, Muana. Komm über mich, ich werde dir zeigen, wie …«

Ich unterbreche sie: »Willst du, daß ich dir ein Kind mache?«

Verdutzt schaut sie mich einen Augenblick lang an und bricht dann in Lachen aus. In ein ersticktes Lachen, das nicht will, daß neugierige Ohren es hören.

»Warum lachst du?«

»Wer hat dir gesagt, daß Kinder so gemacht werden?«

»Yango. Er hat mir alles beigebracht.«

»Wie beigebracht? Hat er gesagt, du sollst ihm ein Kind machen?«

»Nein, Kleine Iyo!«

»Sprich nicht so laut. Was hat Yango mit dir gemacht? Was hat er dir gesagt?«

»Um Kinder zu machen, hat er gesagt, muß man zuerst meinen Kommandanten aufwecken. Und wenn der Kommandant aufgeweckt ist, steht er auf. Dann muß ihm die Königin ihr Schloß öffnen. Dann geht der Kommandant in das Schloß der Königin und macht ein Kind. Oder zwei. Oder drei. Das entscheidet die Königin, und der Kommandant gehorcht.«

»Was soll denn das alles heißen? Wo hat Yango nur solche Sachen her! Der Kommandant, die Königin ...«

»Ich weiß nicht.«

»Auf jeden Fall, es ist nicht völlig falsch. Schau, hier ist der Palast der Königin. Und du zeig mir deinen Kommandanten.«

Kaum habe ich Zeit, mich zu fügen, als ich von der anderen Seite der Raphiawand eine Stimme höre, die ich sogleich erkenne. Sie klingt gedämpft, verstellt und absichtlich verfälscht, doch es ist Yangos Stimme. Ich kenne sie gut.

»Ich hab euch gesehen! Ich hab euch gesehen!« sagt die Stimme deutlich hörbar.

Ekalé kommt überstürzt zu sich und stößt mich aus ihrem Palast. Sie zieht sich Hals über Kopf an und beschimpft dabei den Eindringling:

»Du Strolch! Was suchst du hier!«

Schon ist sie draußen, während ich noch meine Hose richte. Yango hat mittlerweile die Flucht ergriffen und ruft dabei mit leiser, doch gut vernehmbarer Stimme:

»Ich hab euch gesehen! Ich hab euch in der Hand! Wenn ihr mir was tut, erzähle ich alles.«

Eine fein abgestufte und einigermaßen beruhigende Drohung. Yango wird nicht alles sagen, wenn wir ihm nicht weh tun. Trotzdem, Ekalé ist immer noch wütend. Sie kommt in das Zimmer zurück und schimpft auf dieses Haus, dessen löchrige Raphiawände für neugierige Augen ein wahres Sieb sind. Weil man die Raphiamatten an den Pfosten und untereinander mit Schnüren aus Schilfrohr befestigt, die unvermeidlich Löcher hinterlassen, kann jeder, der sich die Mühe macht, ein Auge an sie zu legen, sehen, was im Inneren geschieht. Daher der Duala-Ausdruck »ein Auge anlegen, um etwas zu sehen«. Wohlerzogene Leute tun das normalerweise nicht. Und überdies wissen sie, daß in den Räumen eher in der Nacht, bei Dunkelheit etwas geschieht. Aber Yango …

Ich wette, er ist uns gefolgt, seitdem Ekalé mich an der Hand nahm, um mich in ihr Haus zu bringen.

»Der Schuft!« schimpft sie schon wieder.

Gerade als sie ihren Fluch von neuem ausstößt, hören wir vom Mangrovenwald, von der anderen Seite des Flusses her, einen ganzen Chor Affen.

»Hamm! Hamm! Hamm! Hamm!« brüllen ihre dumpfen Stimmen.

Das komische Zusammentreffen nimmt die Spannung von Ekalé. Gemeinsam lachen wir aus vollem Halse. Doch bald ist sie wieder ganz von dem Vorfall gefangen, der sich soeben abgespielt hat.

»Yango hat uns gesehen«, sagt sie. »Glaubst du, er wird erzählen, was er gesehen hat? Was meinst du, Muana?«

Frisch aus meiner »Schule des Lebens« entlassen, nehme ich eine Haltung ein, die dem zusteht, dessen Kommandant beinahe in den Palast der Königin eingedrungen wäre. Selbstbewußt antworte ich:

»Ich werde mit ihm sprechen.«

Ekalé ist von meinem Auftreten beeindruckt.

»Muana, du sprichst wie ein Mann! Du bist jetzt wirklich ein Mann!«

»Ich weiß etwas über ihn, das ihn zum Schweigen bringen wird«, sage ich mit noch festerer Stimme.

9

Tatsächlich bin ich der einzige Mensch, der weiß, was Yango getan hat. Ich weiß, daß durch seine Schuld die Schande das Lager unserer Feinde verlassen hat, wo sie vorher wohnte, um sich mit aller Schwere auf uns niederzuwälzen. Ich meine auf unser ganzes Volk. Vom Norden bis zum Süden. Nur ich allein kann jemals Aufschluß darüber geben, was wirklich geschehen ist. Wenn Yango nicht eines der Miniaturpaddel unserer Piroge gestohlen hätte, wäre sie auf der Wettfahrt vom 14. Juli nicht als letzte ins Ziel gelangt. Man darf nicht auf das hören, was die Leute über Mapotè und seinen weißen Priester, den Missionar, reden. Sie haben nichts damit zu tun. Weder der eine noch der andere. Aber das wissen die Leute nicht, denn sie haben nicht gesehen, was ich gesehen habe. Darum werde ich mit Yango sprechen. Das habe ich Ekalé nicht in der Absicht gesagt, mich mit meinen acht Jahren großzutun. Acht Jahre? Vielleicht ein bißchen mehr oder ein bißchen weniger – im Grunde weiß ich es gar nicht. Ich selbst zähle die Jahre meines Lebens nicht.

»Yango, du weißt doch, daß ich gesehen habe, was du mit unserer Wettkampfpiroge gemacht hast. Wenn du also anfängst zu erzählen, was du …«

»Du hast gesehen ... Du hast gesehen ... Was hast du gesehen?«

»Du hast das kleine Paddel geklaut, das am Bug fehlt. Deinetwegen hat unsere Piroge nicht gewonnen.«

»Wie blöd dieses Kind ist! Wie blöd es ist! Du glaubst, wir haben verloren, weil ein einziges winziges Paddel gefehlt hat?«

»Aber sicher! Und wenn die Leute erfahren, daß du das Paddel gestohlen hast, dann wirst du schon sehen, was sie mit dir machen.«

»Ich warne dich – wenn du jemals so etwas Schreckliches über mich erzählst, dann mache ich mit dir, was Ekualla mit Paa Mpédi gemacht hat. Dann schlage ich deinen Schädel so lange gegen einen großen Stein, bis du tot bist.«

Seine Worte laufen mir kalt den Rücken hinunter, trotzdem drohe ich ihm weiter:

»Wenn du meinen Kopf gegen einen Stein schlägst, kommt mir das ganze Dorf zu Hilfe. Wenn ich ihnen aber sage, was du getan hast, dann kommt niemand, um dich zu verteidigen. Niemand, nicht einmal dein Vater. Nicht einmal deine Mutter oder deine Schwester – niemand.«

Diese Worte bringen unseren Helden schließlich ins Wanken. Mit aufgesperrtem Mund hört er, was ich sage, und starrt mich mit weit aufgerissenen Augen an. Ich habe gerade einen Punkt gemacht, und ich habe meine Worte ganz offensichtlich richtig gewählt. Wie Geschosse in einem kalten Krieg. Heute, wo ich diese Worte aufschreibe, spüre ich, daß sie nicht mehr ihre einstige Kraft besitzen. Auf Papier niedergelegt haben sie entscheidend an Energie verloren. Sie sind nicht mehr so durchschlagend, wie sie es waren, als sie gesprochen wurden. Vielleicht, weil Papier so dünn und verletzlich ist. Würden sich die Worte vom Papier erheben, um in den Kampf zu ziehen, dann würden sie ohne Zweifel überall auf der Seite Löcher hinterlassen. Sicher gibt es für alles eine Erklärung.

Yango tritt den Rückzug an.

»Nun, ich sehe, daß du erwachsen geworden bist«, sagt er.

Seine Worte erfüllen mich mit Freude.

»Wenn das so ist«, fährt er fort, »verspreche ich dir, daß ich dich nicht mehr ›Regenkind‹ nenne. Und vor allem werde ich nicht weitererzählen, wobei ich Ekalé und dich erwischt habe. Also, werden wir beide jetzt richtige Freunde?«

»Wenn du willst«, sage ich mit friedfertiger Stimme.

Die mündlichen Verträge der Kindheit und Jugend werden schnell und ohne besondere Formalitäten geschlossen. Mein Abkommen mit Yango bedeutete das Ende einer langen Zeit der Feindschaft, die ich persönlich nie gemocht habe. Ich weiß, daß ich nun zu jeder Tageszeit Onkel Toko besuchen und seinem Saxophonspiel lauschen kann, ohne befürchten zu müssen, daß mein fast taubstummer Cousin mich hinauswirft. Yangos Taubheit sollte übrigens von nun an in Anführungszeichen gesetzt werden, denn Yango spricht und hört sehr gut, als wir unseren Pakt besiegeln und dabei sehr leise sprechen, damit niemand uns hören kann. Der Krieg ist beendet, es lebe die Freundschaft. Sie kostet den Preis zweier Geheimnisse, die jeder von uns sehr geheim halten wird.

Aber was ist nun wirklich mit unserer Wettkampfpiroge geschehen? Ich habe viele Erwachsene darüber sprechen hören und mehrere Versionen der Angelegenheit im Gedächtnis behalten, außer der Erklärung, die ich selbst auf der Grundlage von Yangos Diebstahl gegeben habe, die mir aber jetzt, wo ich ein Abkommen mit meinem Cousin geschlossen habe, anständigerweise nicht mehr in den Sinn kommen darf.

Mapotè war selbst in den Wald gegangen und hatte einen Baumstamm ausgesucht, der würdig war, eine Piroge für uns Akwa zu werden, für unser Volk und mich. Nach zahllosen Opfern, Gebeten und Zaubersprüchen ließ Mapotè den Baum fällen. Ein sehr dicker Baumstamm – genau richtig, um daraus eine schöne Wettkampfpiroge zu machen, die uns Akwa würdig ist, unserem Volk und mir. Anders als Bodoulè, der eine Wettkampfpiroge einzig auf seinen eigenen Namen hatte bauen lassen, entschied Mapotè, daß diese Piroge uns allen gehören würde, nicht ihm allein. Mapotè ist einer von uns, da gibt es keinen Zweifel. Zu unser aller Ehre wollte er, daß diese Piroge die schnellste von allen würde. Man muß sie auf dem Wasser liegen sehen. Mit ihrem schönen Bug, dem schönsten Bug aller Wettkampfpirogen, gleitet sie dahin wie ein Alligator, der es eilig hat, sein Ziel zu erreichen. Wahrscheinlich hat man sie deshalb »Alligator-Piroge« getauft. Sie ist prachtvoll, verziert mit leuchtend bunten Dekorationen und Zeichnungen auf weißem Grund. Doch greifen wir nicht vor. Noch liegt die Piroge im Wald und saugt sich mit übernatürlichen Kräften voll, die kundige Zauberer tage- und nächtelang auf sie versprühen, bevor sie in die sichtbare Welt hinaustritt. Und bevor sie in die Welt der Wassergötter eintaucht.

Unablässig erklingen Nacht für Nacht und Tag für Tag zum Klang Dutzender Holztrommeln die Gebete und Anrufungen. Kleine metallene Glöckchen geben den Rhythmus der Gesänge an, die den Geistern unseren Wunsch nach einer Wettkampfpiroge erklären, die wirklich die schnellste von allen und bei jeder Strömung unbesiegbar ist. Wir bitten die Geister, uns, das Volk der Akwa, auf einen auserwählten Platz zu setzen, wenn das Glück unter den Duala-Völkern verteilt wird. Wir sprechen Gebete und rufen die Götter an, daß unsere Alligator-Piroge lernen möge, von selbst die scheinbar gefahrlosen, aber versandeten Stellen zu meiden, welche an der breiten Flußmündung auf jene Pirogen lauern, die mit übernatürlichen Kräften nicht genügend ausgestattet sind. Aus Leibeskräften schreien wir lange Gebete, daß die feindlichen Pirogen – die der anderen Duala-Völker – während der Wettfahrt untergehen oder im Sand stecken bleiben, während unsere Alligator-Piroge dem Sieg entgegenschnellt. Die Götter des Waldes erhören alle unsere Gebete und bleiben taub für die Gebete unserer Feinde, die selbstverständlich gegen uns und unsere Piroge gerichtet sind. Die Götter und ihre Ehefrauen hören ausschließlich auf die Bitten, die unser Volk an sie richtet. In dieser völligen Gewißheit bereiten wir uns auf die kommenden großen Ereignisse vor. Der Mensch kann auf Erden nicht glücklicher leben als in dieser Gewißheit.

Eines Tages schließlich verläßt die große Wettkampfpiroge den Wald und gleitet auf das Wasser des Flusses. Ganz Akwa freut sich. Keiner, der nicht zu unserem Volk gehört, darf der Zeremonie dieser ersten Berührung mit dem Wasser beiwohnen.

Wochenlang haben die Dorfbewohner die Gesänge für den feierlichen Anlaß einstudiert. Auch die Kinder kennen einige der Gesänge auswendig. Wir singen und klatschen in die Hände, wir stampfen mit den Füßen, und wir rufen die Wassergötter an, die damit beauftragt sind, die Bestimmung unserer neuen Piroge zu erfüllen. Und die Bestimmung unseres auserwählten Volkes zu erfüllen, das von den erbärmlichen Völkchen um uns herum so sehr beneidet wird. Wir sind das stolze Volk der Akwa. Was das bedeutet, könnt ihr nicht wirklich begreifen, wenn ihr nicht dazugehört. Wie kann man nur auf Erden leben, ohne Akwa zu sein …

»Ihr seid die Besten«, sollen die Deutschen einst zu unseren Vorfahren gesagt haben, als sie bei uns eintrafen. »Ihr seid die Besten, die Intelligentesten, die Zivilisiertesten, denn von allen Völkern dieses Landes habt ihr uns als erste gesehen.«

Und seit dieser erfreulichen Feststellung wohnt der Stolz im Herzen unseres Volkes. Für immer. Dort lebt er auf Dauer. Und ruiniert mit Wonne unseren moralischen Anstand, wenn er sich als Hochmut gebärdet und sich anschickt, auf unsere »wilden« Nachbarvölker hochmütige und abschätzige Blicke zu werfen. Nur Akwa sind anständige Leute. Das glauben wir eisern, denn die Deutschen persönlich haben es uns während ihrer Kolonialherrschaft gesagt. Und um ihnen das schöne Kompliment zu erwidern, das sie uns da gemacht haben, haben wir begonnen, sie nachzuahmen. Nur so, um zu schauen, ob wir eines Tages nicht noch besser werden können als sie. Wir sind intelligente Leute. Wir wissen, daß man im Leben immer fortschreiten muß und wenn möglich noch besser sein als jeder Preuße, der einen für den besten Afrikaner hält. Und weil die Weißen aus Deutschland damals den kaiserlichen preußischen Adler als nationales Emblem hatten, nahmen wir, die Akwa, als Emblem unseres Volkes den königlichen und unterwürfigen Adler der Wälder und Savannen. Seitdem nennen wir uns »Bona-Mbela«, »Volk des Adlers«. Ganz ehrlich, wir haben uns diesen heute mehr als hundert Jahre alten Namen nur zugelegt, um diesen Weißen eine Freude zu bereiten, die aus einem fernen Deutschland gekommen waren und bemerkt hatten, was für intelligente Schwarze wir sind. Dermaßen intelligent, daß es uns sogar gelang, die ersten zu sein, die sie sahen. Auf solche Art entwickeln sich manchmal die Völker im modernen Afrika. Seit jener Begegnung mit scharfblickenden weißen Männern, die es verstanden, mit den Schwarzen zu reden, bestehen die Menschen meines Volkes ihr Leben sehr gut, dank eines entscheidenden Trumpfes, der andernorts nicht zu finden ist: Ihr Vorfahre ist nicht, wie bei anderen, ein Mensch, sondern der kaiserliche Adler von Preußen. Unsere Hymne feiert das bis heute und für immer: »Der Adler fliegt dort oben im Himmel. Er ist mächtig! Panther und Löwe leben unter seiner Herrschaft. Freue dich an der Seite deines Königs! Oh, ihr anderen Völker, für euch ist kein Platz – die Adler-Menschen sind längst vorbeigezogen, weit vor allen anderen.«

Man stelle sich vor, eines Tages, viel später im Leben, kämen europäische Ethnologen, um die tieferen Wurzeln des berühmten Adler-Volkes zu suchen! Sagt ihnen, der Adler fliegt seit dem Beginn der Ewigkeit in den Lüften. Nie hat er sich niedergelassen und im Boden unserer Erde Wurzeln geschlagen. Dieser machtlose Herrscher hat keinerlei Wurzeln in unserem Volk.

Doch zurück zu unserer Alligator-Piroge.

Die große Zeremonie des Stapellaufs ist glücklich verlaufen. Wir alle waren voller Bewunderung, als wir sahen, wie die Piroge im Rhythmus der Ruder auf dem Wasser tanzte – die vierundfünfzig Ruderer von einem Sänger und Tänzer angefeuert, der aufrecht vorne am Bug stand und eine Metallglocke schlug, während am Heck ein Mann, dessen Ernst alle beeindruckte, das Ruder steuerte. Die Übungsfahrt, der wir heute beigewohnt haben, wird sich bis zum herbeigesehnten 14. Juli einige Male wiederholen, dem Nationalfeiertag der Weißen, der sich ohne Vorwarnung bei uns eingepflanzt hat. Am Ende jeder Übungsfahrt laufen starke Männer zum Ufer hinunter, um den Ruderern zu helfen, die Piroge aus dem Wasser zu holen und sie in das vorbereitete Versteck zu bringen.

In dieses Versteck ist Yango eines Nachts geschlüpft, um eine der kleinen Figuren zu stehlen, die den Bug unserer Piroge schmücken. Das ist keine Lüge. Ich habe Yango mit meinen eigenen Augen gesehen, und ich könnte euch sogar sagen, wo er das kleine Paddel versteckt hat, das er vom Bug abgebrochen hat, gäbe es da nicht diesen Pakt, den ich mit ihm geschlossen habe und den ich um meiner selbst willen um jeden Preis einhalten muß. Außerdem war das gestohlene Stück so klein, daß niemand sein Verschwinden bemerkte. Niemand außer mir, der zu euch spricht. Glaubt mir, das ist die Wahrheit.

Dann kam schließlich der 14. Juli. Ich werde euch nicht von den Schwierigkeiten erzählen, die unsere Leute bei dem Versuch hatten, den Namen dieses Festes der Weißen auszusprechen. Das Wichtigste an der Geschichte liegt anderswo. Ihr werdet sie aus dem Munde derjenigen hören, die sie vom Anfang bis zum Ende selbst erlebt haben. Ihre große Enttäuschung ist die des ganzen Adler-Volkes. Weshalb hat unsere Piroge, »die schönste und schnellste von allen«, als letzte das Ziel erreicht? Vor der gesamten Bevölkerung Dualas, Weiße und Schwarze an diesem schönen Sonnentag fast Seite an Seite? In Anwesenheit des Vertreters des Gouverneurs, der so persönlich feststellen konnte, daß wir als letzte ankamen?

»Mapotè hat die Sache verpfuscht«, sagte ein Mann in der betrübten Menge. »Man kann nicht tausend Göttern gleichzeitig dienen. Entweder betet man die Götter unserer Vorfahren an, oder man glaubt an den Gott der Weißen. Es ist nicht gut, sie so zu vermischen, wie es geschehen ist. Am Ende hat sich gar kein Gott um uns gekümmert …«

»Ich glaube, du hast recht, Bruder. Ich sehe das ganz genauso. Nach all den Vorbereitungen, die wir im Wald und am Wasser veranstaltet haben, schleppt man uns plötzlich einen weißen Priester an, der Gebete spricht, die die Götter des Wassers gar nicht verstehen!«

»Mapotè und seine ganze Familie sind zwar katholisch geworden und beten auf Latein, aber wozu mußte Pater François unsere Piroge ›segnen‹? Die Schiffe der Weißen kommen bis hierher in den Hafen von Duala. Noch nie habe ich gesehen, wie ein Pater sie ›gesegnet‹ hätte. Außerdem, wozu segnet man eigentlich eine Piroge?«

»Und dann noch in einer Sprache, die niemand versteht. Wer von uns weiß denn mit Sicherheit, daß das Gebet des Priesters unserer Piroge wohlgesonnen war? Ich mißtraue diesen Leuten. Sie haben immer zwei Gesichter. So ein Priester sagt dir: ›Laß mich deine Piroge segnen‹, und dann, wenn du ihm nicht gefällst, spricht er in seiner unverständlichen Sprache ein Gebet gegen dich und deine Piroge.«

»Manchmal ist er sogar imstande, ein Gebet gegen deine Piroge, dich und deine ganze Familie zu richten. Du weißt ja, daß du bei diesen Leuten immer achtgeben mußt. Sie kennen Gott aus der Nähe. Darum gibt er ihnen all seine Klugheit. Wenn du einfach nur so betest – wer soll dich da oben schon hören? Gott hört nur auf die Leute aus seiner Kirche. Anscheinend verstehen nur sie seine Sprache und seine wahre Natur.«

»Wer sind denn die Leute aus seiner Kirche?«

»Wer schon! Die Missionare natürlich!«

»Die Weißen?«

»Na sicher! Wer hat denn den lieben Gott hierher gebracht?«

»Aber nicht alle Weißen haben den lieben Gott hergebracht. Nur die Missionare bringen uns bei, daß wir ins Paradies kommen, wenn wir uns gut benehmen. Wenn wir gehorchen. Wenn wir mit der Unzucht aufhören, die zu viele Kinder hervorbringt. Wenn wir jeden Tag beten, daß wir nicht in die Hölle kommen. Damit wir nicht dem Teufel mit dem bösen schwarzen Gesicht begegnen müssen, mit seinen Hörnern auf dem Kopf, seinem Affenschwanz und seinen krummen Fingern. Und seinem Fegefeuer voller Tränen und Zähneknirschen.«

Anders als sonst lacht heute niemand über diese Aufzählung der Bedingungen für den Eintritt in das Paradies und die Hölle. Heute trinken wir nicht wie sonst unseren prickelnden, Fröhlichkeit versprühenden Palmwein, heute trinken wir die bittere Schmach der Niederlage. Doch die Meinungen gehen weit auseinander.

»Aber sag mal, deswegen sind Mapotè und seine Familie doch nicht katholisch geworden!«

»Nein, nicht deswegen. Ich weiß nicht, ob ...«

»Ich sage euch, was Mapotè dazu getrieben hat, dieser Religion beizutreten. Er will sich an seiner Arbeitsstelle beim weißen Administrator beliebt machen.«

»Verstehe ich nicht.«

»Ich erkläre es dir. Die Weißen, wie du sie da siehst ... Sie sind alle gleich. Wenn du den Missionar siehst – glaub nicht, daß er anders wäre. Er ist genauso wie die anderen Weißen. Die sind alle gleich. Sie halten zusammen wie Finger und Fingernagel. Wenn du mit einem von ihnen befreundet bist, sagt er es allen anderen. Sie wissen dann, daß du die Weißen magst. Es ist doch so: Wenn du in der Verwaltung arbeitest und wenn du ein Freund des weißen Priesters oder sogar des weißen Pastors wirst, indem du dich mit deiner Familie zu seiner Religion bekehrst, dann wird er es ganz sicher seinen Bruder, den Administrator, wissen lassen. Und ab dann genießt du eine Vorzugsbehandlung. Und diejenigen deiner Artgenossen, die es nicht wie du gemacht haben, wundern sich, wie du nach und nach aufsteigst, bis dich der Administrator eines Tages zum Chef über alle anderen macht. Glaubt mir, auf diese Weise hat es Mapotè an seiner Arbeitsstelle beim Administrator zu Ansehen und Macht gebracht. Ihr versteht jetzt, warum sein Freund, der Pater François, gekommen ist, um unsere Wettkampfpiroge zu segnen, ohne daß einer von uns nach seiner Meinung gefragt worden wäre ...«

»Wir haben nicht einmal davon gewußt.«

»Wir haben nichts davon gewußt. Wie ich euch schon sagte – Mapotè hat die Angelegenheit verpfuscht. Er hat zugelassen, daß ein weißer Priester sich einmischte, wo unsere eigenen Götter uns mühelos den Sieg hätten geben können. Ihr seht, ich hatte nicht unrecht, das zu sagen. Ihr habt die Erklärung unseres Bruders hier gehört. Ihr wißt, daß er auch in der Stadt arbeitet. Darum weiß er, wie die Dinge dort in den Büros laufen.«

Mein großer Bruder Bilè, der dabei war, als die Leute diese Bemerkungen machten, berichtete alles wortgetreu meiner Großmutter Iyo, die sich gerade mit Maa Frida unterhielt. Die alte Frau hörte Bilès Bericht mit großem Interesse. Am Ende meinte sie:

»Es überrascht mich, daß ein weißer Missionar einem Schwarzen auf diese Weise hilft, Vorteile und eine gute Position zu bekommen. Das ist ganz bestimmt nicht das, was der weiße Pastor uns vor ein paar Jahren einreden wollte, als er euch, Fridas Kindern, auf Duala, so gut er es eben konnte, sagte: ›Meine Kinder, meine lieben Kinder, euer Vater ist ein armer Mann. Aber glaubt mir, er ist ein Mann Gottes. Im Himmel wird euer Vater reich sein.‹«

Wir brachen in schallendes Gelächter aus, als Iyo »auf Duala, so gut sie es eben konnte« den weißen Akzent nachahmte und das zwei- oder dreimal mit demselben Erfolg wiederholte. Und sie schloß mit den Worten: »Ich verstehe nicht, warum ein Mann erst in den Himmel muß, um dann reich zu werden.«

* * *

Jetzt wißt ihr, was geschehen ist. Am Morgen des Tages »X«, als die Alligator-Piroge ins Wasser gelassen wurde, erschien Pater François auf Mapotès Einladung hin, um dafür zu beten, daß unsere Piroge als erste ins

Ziel kommt. Einige behaupten, es sei ein lateinisches Gebet gewesen. »Die weißen Priester beten immer auf Latein, damit nur Gott sie versteht.« Andere meinen, daß der Missionar auf Französisch gebetet hat. Auf jeden Fall versichert Paa Franz, der diese Sprache gut versteht und bei der Zeremonie anwesend war, daß das Gebet des Priesters ein gutes Gebet für uns war. »Damit vertraute der Priester unsere Zukunft im allgemeinen und den Erfolg unserer Piroge im besonderen dem Herrgott an. Nein, der weiße Priester hat nichts gesagt, das uns hätte schaden können. Nein, er verachtet uns nicht, sonst wäre er nicht zu der Zeremonie gekommen. Er hat nur der Alligator-Piroge ein gute Reise gewünscht und dem Himmel empfohlen, sie an die Spitze zu setzen. Im Namen des Vaters, des Sohnes und des Heiligen Geistes, Amen.« Paa Franz, der ungläubig wie kein anderer ist, wagt nicht zu zeigen, wie sehr ihn seine eigenen Bemerkungen amüsieren. Obwohl er sich über alles mokiert, was Priester und Pastoren »mit ihrem ständigen Amen« sagen, weiß er, daß es in der gegenwärtigen Situation nicht angebracht wäre, darüber zu lachen. Und schließlich darf man nicht vergessen, daß Paa Franz einer der Glücklichen ist, die sich stolz auf die Brust schlagen und vor aller Welt sagen können: »Ich arbeite in der Stadt im Geschäft eines Weißen.« Um genau zu sein, viele Leute denken, daß dieses Privileg gelegentlich den Nachteil hat, meinen Onkel seiner Ehrlichkeit und seines Charakters zu berauben, wenn er über die Weißen spricht. Aber er weiß auch selbst, daß üble Zungen seine Äußerungen sogleich weitertragen würden, wenn er es sich erlauben würde, bezüglich der Weißen wirklich ehrlich zu sein. Selbst bezüglich der Weißen, in deren Geschäft er nicht arbeitet. Aber, ehrlich gesagt, es ist jetzt nicht der Augenblick, euch das zu erzählen. Die harte Wahrheit des Tages liegt anderswo.

Unsere Piroge hat das Rennen nicht gewonnen.

Und zu der Traurigkeit, die uns ergriffen hat, gesellt sich eine gewisse Wut. Während wir mit gebeugtem Kopf nach Hause zurückkehren, hören wir die Musikkapelle unserer Erbfeinde, eines benachbarten Duala-Volkes, das aus lügnerischen und unehrlichen Menschen besteht. Die Weißen mögen sie nicht so sehr wie uns. Jedenfalls glauben wir das. Wir, denen die Deutschen einst diese unvergleichliche Auszeichnung verliehen haben. Uns, dem Volk des kaiserlich preußischen Adlers, des stolzen Herrschers der Küste, des Waldes und der afrikanischen Savanne: »Ihr seid die Besten, die Intelligentesten, die Zivilisiertesten, denn von allen Völkern dieses Landes habt ihr uns als erste gesehen.« Eine Auszeichnung, die verfliegt, sobald man sich auf sie zu stützen versucht.

Heute ist für uns ein schlechter Tag. Wir haben beschlossen, ihn den »14. Juli Neunzehnhundert null« zu nennen. In Zukunft wird uns dieser Tag niemals mehr etwas bedeuten. Wir werden unseren Kindern schon vor der Geburt beibringen, ihn aus ihrem Gedächtnis zu streichen. Das ist der beste Weg, diesen verfluchten Tag, der uns nichts als die Häme unserer Feinde eingebracht hat, für immer zu vergessen. Doch während wir warten, kommt die Kapelle unserer Feinde näher und näher und spielt fröhliche Melodien, die ihren Erfolg feiern. Und sie wagen es, uns damit die Ohren vollzustopfen!

»Hört euch das an! Wenn wir es zulassen, kommen diese Hunde her und stolzieren hier lustig herum!«

»Das werden wir ja sehen!«

Diese Äußerungen stellen stürmische Prügeleien in fröhliche Aussicht. Wenn ich daran denke, daß Yango, mein fast taubstummer Cousin, das alles ausgelöst hat! Ach der, stimmt ja, im Namen unseres Paktes werde ich niemals jemandem erzählen, daß er ... Im tiefsten Inneren schäme ich mich ein wenig, aber ich weiß, was es mich kosten würde, wenn ich es wagen sollte, den Pakt zu brechen – »Ich habe euch gesehen! Ich habe euch gesehen!« Nein, ich könnte es nicht ertragen, wenn Yango aller Welt erzählen würde, was er gesehen hat.

10

»Muana«, sagt meine Großmutter Iyo, »ich freue mich, daß Yango dich nicht mehr so ablehnt wie früher. Ich freue mich wirklich sehr darüber. Denn immerhin ist er dein Bruder, weißt du? Und ihr seid wie gute Freunde zusammen groß geworden. Wie richtige Brüder.«

»Das stimmt«, antworte ich, »er und ich sind gute Freunde geworden. Er jagt mich nicht mehr davon, wenn ich Onkel Toko beim Musikmachen zuschauen will.«

Auf keinen Fall darf ich die Gründe dieser Freundschaft enthüllen. Ich erkläre Iyo, daß Yango glaubt, ich sei jetzt groß genug, um sein Freund zu sein. Und ich glaube dasselbe. Aber meine Großmutter weiß nicht, daß mein geheimes Herz im Inneren vor allem glaubt, daß es zwischen Yango und mir Geheimnisse gibt, die uns, als intelligente junge Burschen, die wir sind, die Freundschaft geradezu aufzwingen. Weder er noch ich wollen, daß eine Mißstimmigkeit die Geheimnisse enthüllt. Später, Jahre nach diesem Gerede über freundschaftliches Zusammenleben, werde ich in anderen Welten ähnliche Verhältnisse kennenlernen, dank derer Verurteilte zur großen Überraschung ihrer Umgebung manchmal aus dem Gefängnis entlassen werden. Dank derer leider auch Unschuldige verurteilt werden. Richter Willis weiß das eine oder andere über seinen Kollegen Richter Alfort. Leben oder Tod ihrer jeweiligen Angeklagten können davon abhängen.

Hier im kleinen Dorf meiner Großmutter wiegen die Dinge zum Glück nicht so schwer. Dennoch spüre ich mein Herz bei der Erinnerung an jene Zeit zittern, als Yango mich wie einen Unreinen davonjagte, wenn ich seinem Vater beim Saxophonspielen aus der Nähe zuschauen wollte. Bei der Erinnerung an die Demütigungen, die mein Cousin mich damals erleiden ließ, überkommt mich oft ein Übermaß an Zorn, der mich verleiten möchte, das Abkommen aufzukündigen. Dem ganzen Adler-Volk bekanntzumachen, daß mein Schurke von Cousin es war, der im Angesicht dieser Wilden, unserer Nachbarn, unsere Schmach verursacht hat. Aber jedesmal spricht noch ein anderes Herz in mir und führt mir ohne jedes Zugeständnis und Erbarmen den vollständigen Ablauf jenes Nachmittags vor die Augen, als Ekalé mich fast dazu gebracht hätte, ihr ein Kind zu machen. Dann schweige ich und mache mich daran, die Freundschaft mit Yango doppelt so fest zu knüpfen. Glücklicherweise habe ich zwei Herzen: eines, das ja sagt, wenn das andere mit nein stimmt. Vielleicht habt ihr auch zwei Herzen. Dann versteht ihr mich sicher und stimmt mir zu. Nach und nach lerne ich, daß das Leben so ist. Der jugendliche Zorn reift mit dem Alter und benimmt sich ein wenig wie die Flut. Bald steigt er hoch, und man würde am liebsten in das Gesicht der Menschen spucken, deren heutige Freundschaft aus dem haßerfüllten Schiffbruch von gestern gerettet wurde. Bald wird er wieder vernünftig und sinkt hinab. Und das

Leben geht weiter, stets begleitet von demselben zornigen Aufbäumen und seinem Gegengewicht, der versöhnenden Vernunft. Yango merkt davon natürlich nichts. Denn zwischen ihm und mir wandert ein kaum wahrnehmbares Augenzwinkern, das uns daran erinnert: Ich weiß, daß du weißt, daß ich weiß, und du weißt, daß ich weiß, daß du weißt. Am Ende wäre alles ganz einfach, wenn die Dinge so bleiben könnten. Zu einfach vielleicht. Die Dinge hatten nicht die Absicht, so zu bleiben. Schaut nur selbst.

Kürzlich kam Mudio seinen Freund Onkel Toko besuchen. Palmwein, Geplauder und fröhliches Lachen. Ein Fest am Nachmittag. Die beiden Männer kennen sich seit ihrer Kindheit. Onkel Toko sagt: »Mudio ist vielleicht der einzige Mensch in diesem Dorf, der meinem Saxophon nichts Schlechtes will.« Obwohl niemand sie nach ihrer Meinung gefragt hat, entgegnet Iyo mit bitterer Stimme: »Weil sein Haus nicht so nah an diesem Saka … Sako … Sakofon steht.«

Dann, nachdem ein besonders angenehmer Schluck Palmwein seine Kehle hinuntergegelitten ist, sagt Mudio zu Toko: »Weißt du, vor ein paar Tagen habe ich deinen Sohn gehört, wie er schrie: ›Ich habe euch gesehen, ich habe euch gesehen …‹ Hat er dir gesagt, was er da gesehen hat?«

»Yango?«

»Ja, Yango. Wenn ich ›dein Sohn‹ sage, dann ist das Yango. Du hast doch keine zwei Söhne, oder?«

»Ach Mudio, da sagst du mir etwas Neues. Ich wußte nicht, daß Yango irgend etwas gesehen hat. Weißt du, das muß mit den Spielen der Jungen zu tun haben. Es war sicher nichts Wichtiges.«

»Kann sein, Toko. Trotzdem hörte ich etwas Ernstes in Yangos Stimme, das mich aufhorchen ließ. Gleich im selben Augenblick wollte ich ihn fragen, was er gesehen hat, aber er rannte so schnell fort, daß ich ihn nicht einholen konnte. Ich glaube, es wäre gut, ihn zu fragen und herauszufinden, worum es sich handelte.«

Er trinkt noch einen großen Schluck Palmwein, wie um zu bekräftigen, was er soeben gesagt hat. Indem er sich ganz zu Toko hinwendet, drängt er noch einmal:

»Meinst du nicht?«

»Hehe ... Wenn du willst, warum nicht. Ich werde ihn rufen. Yango! Yango!«

Ein dritter Mann gesellt sich zu ihnen. Es ist Béma das Rotauge. Er verpaßt keine Zusammenkunft, bei der Palmwein getrunken wird. Hört ihm nur zu:

»Wo war ich denn die ganze Zeit, während ihr getrunken habt? Die Kalebasse ist ja schon zur Hälfte leer.«

Béma das Rotauge. Immer betrunken. Den ganzen Tag lang. Jeden Tag. Wo er auch ist.

»Yango«, fordert Toko laut seinen Sohn auf, der gerade eintritt, so laut, daß einem das Hemd verbrennen könnte. »Yango, erzähl uns, was du neulich gesehen hast.«

»Ja«, knüpft Mudio gleich an. »Du bist gerannt, und ich habe dich schreien hören: ›Ich habe euch gesehen, ich habe euch gesehen.‹ Wen hast du denn da gesehen?«

Der junge Bursche ist überrumpelt. Er hat keine Zeit, Unschuld und ein gutes Gewissen auf sein Gesicht zu zaubern. Er war in keiner Weise darauf vorbereitet, so ausgefragt zu werden.

Béma schenkt sich eine Kokosnußschale voll Palmwein ein. Ohne ein Wort zu sagen, schauen sich Toko und Mudio mit einem versteckten, einverständlichen Grinsen an. Und während der Eindringling trinkt, wenden die beiden ihre Blicke Yango zu.

»Wen … hast du gesehen?« fragt Onkel Toko noch einmal.

Yango ist in großer Verlegenheit. Er weiß, wen er gesehen hat, aber er denkt natürlich an den Pakt zwischen ihm und mir. Da befiehlt ihm eines seiner zwei Herzen: »Sag ihm, daß du Ekalé und Muana in einem dunklen Zimmer gesehen hast. Es ist wahr, daß du sie gesehen hast. Mehr brauchst du nicht zu sagen. Das reicht, und du wirst nicht bestraft.« Dann erinnert ihn sein anderes Herz: »Achtung! Muana weiß, was du mit der Piroge des Adler-Volkes angestellt hast. Wenn du sagst, was du gesehen hast, wird er erzählen, was er weiß. Und die Leute können nachprüfen, was du getan hast, während sie nie ganz sicher sein werden, ob du die Wahrheit über das dunkle Zimmer sagst. Das ganze Volk wird dich verurteilen, wegen des Kummers und der Schande, die du ihnen zugefügt hast. Also, gib acht auf dich!« Welches Dilemma! Die zwei Herzen werden sich niemals einigen, um eine befriedigende Lösung vorzuschlagen.

»Ich hab … ich hab …« stammelt Yango. »Ich … ich … ich hab niemanden gesehen. Nein, niemanden.«

Da mischt sich – als hätte ihn jemand gefragt – Béma das Rotauge ein:

»Der Junge sagt nicht die Wahrheit. Ich sehe an seinem Gesicht, daß er lügt. Die Kinder heute können einfach nicht mehr die Wahrheit sagen, stimmt es nicht?«

»Béma, trink deinen Wein und laß uns in Ruhe«, sagt Mudio trocken. »Du siehst doch, daß wir ein Gespräch unter ernsthaften Leuten führen. Schau uns an: Weder

Toko noch ich sind betrunken. Also trink deinen Wein, und wenn du fertig bist, geh.«

Bei diesen Worten erhebt Béma sich brüsk und sagt zornig:

»Weißt du … weißt du, Mudio, was du mir da gerade gesagt hast? Vor einem Kind, das mein eigenes sein könnte? Weißt du, was du mir gerade vor meinem eigenen Sohn gesagt hast? Als ob du mich nie betrunken gesehen hättest. Und als ob du mich hier wegschicken könntest, wo ich doch hier bei meinem Bruder bin und nicht bei dir zu Hause. Ich sage dir, Mudio, wenn einer von uns gehen sollte, dann bestimmt nicht ich, sondern du. Frag meinen Bruder Toko.«

»Das stimmt«, sagt Toko, um Béma zu beruhigen. »Wenn hier jemand gehen sollte, dann nicht du. Aber Mudio auch nicht. Denn ihr seid beide meine Brüder und …«

»Gut gesprochen, Toko, aber hast du gehört, wie er mich vor meinem eigenen Sohn beleidigt hat?«

»Ich habe es gehört. Aber alles zu seiner Zeit. Mudio schuldet dir eine Entschuldigung, das kann ich bezeugen. Nur, im Augenblick sollst du uns unseren Sohn befragen lassen, der uns etwas Wichtiges zu verbergen scheint.«

»Ich verberge nichts vor euch, glaubt mir, ich verberge nichts vor euch«, beeilt sich Yango, dem dieser plötzliche Streit einige Selbstsicherheit wiedergegeben zu haben scheint, zu entgegnen. »Ich habe nichts zu verbergen, ich habe niemanden gesehen. Ich erinnere mich nicht einmal, was geschehen ist. Nicht einmal an den Tag, an dem das passiert ist.«

Diesmal fragt Mudio ihn:

»Yango, du bist noch nicht so alt wie wir, und du behauptest, du verlierst dein Gedächtnis derart schnell? Das ist doch erst vor einigen Tagen geschehen. Ich bin alt und erinnere mich. Und du nicht?«

»Ich sage euch, dieses Kind lügt«, raunzt Béma das Rotauge wieder großmäulig. »Wenn das nicht Tokos Sohn wäre, hätte ich ihn verflucht. Und weißt du«, fügt er hinzu, indem er sich Yango zuwendet, »wenn ich dich eines Tages verfluche, dann ist das stärker als der Fluch eines weißen Priesters. Ich schicke dich nicht in die Hölle zu dem Teufel mit den krummen Fingern. Mein Fluch verwandelt dich in eine Statue aus Salz. Dann kommen die Frauen und holen sich von dir das Salz. Jeden Tag, jeden Tag, um das Essen zu bereiten. Jeden Tag, bis du völlig verschwindest. Das ist mein Fluch.«

Während Béma spricht, fällt es Onkel Toko und seinem Freund Mudio schwer, ernst zu bleiben. Am Ende brechen sie in Gelächter aus. Und Yango mit ihnen.

»Gut, jetzt wissen wir, daß wir uns vor deinem Fluch hüten müssen, denn niemand hier möchte in eine Salzstatue verwandelt werden und in den Kochtöpfen der Frauen enden«, sagt Toko schließlich. »Trink deinen Wein aus und laß uns unser Gespräch mit Yango zu Ende führen.«

Und indem er sich an diesen wendet:

»Yango, du weißt, daß du bestraft wirst, wenn du uns nicht sagst, was du neulich gesehen hast?«

»Yango«, fügt Mudio hinzu, »du mußt wissen, daß mein Bruder Toko zwischen deiner und meiner Wahrheit immer meine wählen wird. Denn sie hat mehr Gewicht als deine. Also, spiel nicht mit uns und glaube nicht, daß dein Vater mehr auf dich hört als auf mich. Ich habe gehört, wie du gerufen hast: ›Ich habe euch gesehen, ich habe euch gesehen.‹ Also sei so gut, und sag uns ehrlich, was du gesehen hast. Sobald wir es wissen, stellen wir dir keine Fragen mehr. Sonst aber …«

»Sonst wirst du bestraft«, schlägt Onkel Toko mit ungeduldigem Gesicht plötzlich einen scharfen Ton an.

»Nein, ich habe nichts …« versucht Yango einzuwerfen.

»Gut, wenn du uns nicht die Wahrheit sagen willst – geh. Und merk dir, von nun an bekommst du bei mir nichts mehr zu essen. Ich kann keinen Lügner füttern. Schnell, hinaus!«

Yango schüttelt den Kopf und schickt sich an, ohne ein Wort hinauszugehen, als sein Vater ihn mit dem Ende eines Holzstocks zurückhält, den er plötzlich hinter einer Tür hervorgeholt hat.

»Halt! Damit ist die Angelegenheit noch nicht erledigt. Du hast gelogen, und Lügner werden hier schwer bestraft. Zeig mir deinen Hintern, damit ich sehen kann, ob er so hart ist wie du.«

Yango kennt diesen Spruch seit seiner frühesten Kindheit. Er ist mit Prügel groß geworden. Er braucht sie nicht erst in der Schule bei einem zornigen Lehrer zu suchen. Er beugt sich leicht nach vorne und streckt seinen Hintern vor. Doch das reicht seinem Vater nicht. Er will die nackte Haut des Hintern sehen, nicht den Khakistoff der kurzen Hose. Yango schickt sich darein, eine Strafe von zehn Stockschlägen zu empfangen. Das ist in solchen Fällen der übliche Tarif. Es ist ausdrücklich verboten zu fliehen oder auch nur zu versuchen, den Ort vor dem letzten Schlag zu verlassen. Sonst wird die Strafe verdoppelt. Yango leidet. Er fleht um Gnade und Hilfe.

Niemand kommt ihm zu Hilfe. Er weint, doch die beiden Männer sitzen da und trinken weiter ihren Palmwein, als wäre nichts. Yangos Schreie locken Neugierige heran. Ich bin unter den herbeigelaufenen Frauen und Kindern, die dem Geschehen mit mitleidigem und ohnmächtigem Gesicht beiwohnen. Mein Herz ist nicht ruhig, weit davon entfernt, denn ich weiß besser als sonst jemand, warum Yango diese Strafe erleiden muß. Noch lange nach dieser Sitzung stelle ich mir sehr ernsthafte Fragen über unseren Pakt, in dessen Namen Yango so grausam leiden mußte. Fragen und noch mehr Fragen, um so mehr, als Onkel Toko angedroht hat, Yango jeden Tag auf diese Art zu verprügeln, bis er endlich sagt, was er gesehen hat. Ganz davon zu schweigen, daß der arme Junge jetzt hungern muß, »bis er die Wahrheit gesagt hat«.

»Niemand in diesem Dorf wird ihm zu essen geben. Wehe dem, der meiner Anordnung zuwiderhandelt und mich beleidigt«, sagt Toko allen, die es hören wollen.

Und das soll derselbe Mensch sein, der so schöne Melodien auf dem Saxophon spielt?

11

Yango ist ein fügsames Kind. Doch zu glauben, daß er im Dorf bleiben wird, um von seinem Vater jeden Tag zehn Stockschläge zu erhalten, und daß er freiwillig verhungert, weil niemand ihm etwas zu essen geben darf, das hieße das Vertrauen übertreiben, das man unter solchen Umständen in ihn setzen könnte. Man kann ihn verstehen. Nachdem die Unterredung mit Onkel Toko beendet ist, kommt mein Freund, der junge Märtyrer, weinend zu mir. Er leidet große Schmerzen, und ich weiß, weshalb. Ich habe gesehen, wie sein Vater ihm den Hintern verprügelte. Er tat das nicht mit lahmer Hand – ich habe ihn genau beobachtet, wie alle, die dem Schauspiel zuschauten. Weinend nimmt er mich an der Hand und führt mich hinter Paa Franz' Haus.

»Siehst du«, sagt er mir zwischen zwei Schluchzern, »du hast gesehen, daß ich dich nicht verraten habe. Darum mußt auch du unser Geheimnis bewahren, was immer geschieht.«

»Ich verspreche dir, es niemals zu verraten.«

Natürlich ahnte ich in jenem Augenblick nicht, daß ich das alles eines Tages unter euren freundlichen und neugierigen Augen einer Buchseite anvertrauen würde. Da Yango schon vor langer Zeit gestorben ist, ist die Versuchung, diese Geschichte aufzuschreiben, stärker geworden. Man möge mir verzeihen, daß ich nun, fünf Jahrzehnte nach jenen denkwürdigen Tagen, nicht länger warte. Außerdem entnehme ich den Traumgesprächen, die ich über Jahre hinweg mit ihm geführt habe, daß der Hauptbetroffene keinen Schaden mehr darin sieht, wenn ich euch diese Episode unserer Jugend mitteile.

»Mir tut alles weh«, klagt er weiter, »aber ich muß dir sagen, was ich vorhabe. Die anderen werden es hinterher vermutlich auch erfahren, aber du bist der einzige, dem ich es sage. Ich verlasse das Dorf und gehe nach …«

Frauenstimmen unterbrechen unser Gespräch. Maa Frida, Iyo und Yangos Mutter kommen so schnell auf uns zu, daß mein Cousin nicht mehr die Zeit hat, seinen Satz zu beenden. Sie bringen uns in unser jeweiliges Zuhause, wo wir während der nunmehr angebrochenen Nacht bleiben müssen.

Ekalé kommt, um Iyo guten Abend zu sagen. Sobald Iyo sich abwendet, um das Abendessen zu bereiten, fragt mich die junge Frau flüsternd:

»Er hat nichts gesagt, oder?«

»Nichts«, sage ich, ebenfalls im Flüsterton.

Da ihre Angst sich nun gelegt hat, verabschiedet sie sich mit lauter Stimme:

»Auf Wiedersehen, Iyo. Gute Nacht, Muana.«

»Wenn du willst«, lädt meine Großmutter sie ein, »kannst du bei uns essen. Ich bereite Kochbananen mit Fisch zu, aber ich kann dir auch Jamswurzeln anbieten, wenn dir das lieber ist.«

Ohne sich lange bitten zu lassen, willigt Ekalé ein. Sie ist entzückt, daß Iyo nicht weiß und wahrscheinlich niemals wissen wird, was geschehen ist. Sie spricht während der Mahlzeit nicht viel mit mir, doch das wundert niemanden. Mir gegenüber war sie immer wenig gesprächig, außer an jenem Nachmittag, als Yango ... als Yango uns gesehen hat. Iyo jagt uns trotzdem einen Augenblick lang Angst ein, als sie fragt:

»Wißt ihr vielleicht, was Yango gesehen hat? So eine schwere Strafe hat es ihm eingetragen!«

»Keine Ahnung«, sage ich auf die natürlichste Art der Welt, auch auf die schnellste Art, um mich schleunigst dieser eher unangenehmen Frage zu entledigen.

»Ich weiß es auch nicht«, sagt Ekalé. »Aber ich glaube nicht, daß Monsieur Toko ein Recht hatte, ihn so zu verprügeln. Auch wenn ich den Grund nicht kenne. Und dann noch anzudrohen, morgen damit weiterzumachen! Iyo, könntest du ihn nicht um Gnade für seinen Sohn bitten?«

»Ich dachte gerade darüber nach. Genau deshalb habe ich gefragt, ob ihr wißt, was Yango gesehen hat ...«

»Wenn er überhaupt etwas gesehen hat!« ruft Ekalé aus.

Maa Frida wiederum findet, daß Mudio immer schon Zwietracht in die Familien gebracht hat. Iyo weiß das sehr gut. Sie kannte ihn schon, als er noch ganz klein war: »Toko, Franz, Béma – sie sind alle gleich.«

»Du hast recht«, antwortet sie, um Maa Fridas Worte zu bekräftigen. »Er war immer schon so ein Mensch. Er kommt zu dir, egal zu welcher Tageszeit, setzt sich und erwartet, daß du ihm zu essen oder zu trinken anbietest. Oder beides zugleich. Dann fängt er an, Geschichten zu erfinden, die die Menschen auseinanderbringen.«

»Nur um sie auseinanderzubringen«, bestätigt meine Mutter.

»Das hat er bestimmt auch heute wieder getan. Nach dem Essen spreche ich mit Toko.«

Die Entschlossenheit meiner Großmutter wirkt auf Ekalé und mich, wie man sich vorstellen kann, sehr beruhigend. Und wenn ich mir vor Augen führe, daß Iyo wegen der bekannten Angelegenheit mit dem Saxophon und dem Phonographen Onkel Toko nicht gerade wohlgesonnen ist, dann bewundere ich sie aus tiefstem Herzen dafür, daß sie überhaupt daran gedacht hat, einen solchen Schritt zu unternehmen. Und dann ist etwas in mir, das mir sagt, daß der Gang meiner Großmutter, wenn er gelingt, dazu dienen könnte, die Schuld zu begleichen, die Yangos Treue und bewundernswerter Mut mir aufgebürdet haben. Mein Herz ruft mit allen seinen besten Wünschen nach dem Erfolg.

Doch Iyo kehrt betrübt zurück. Onkel Toko will nichts hören. Sein Sohn gehört ihm und niemand anderem, hat er meiner Großmutter geantwortet. Und wenn er seinen Sohn mit Stockschlägen totschlagen will, dann hat niemand das Recht, ihn daran zu hindern. Iyo hat die Niederlage nicht hingenommen. Noch weniger hat sie die unfreundlichen Worte ihres Gegners hingenommen. Niemals, wirklich niemals, hätte sich Paa Franz erlaubt, ihr so etwas zu sagen. Aber Paa Franz ist ihr eigener Sohn. Und Paa Franz ist gut erzogen. Toko und er haben denselben Vater, aber verschiedene Mütter. Iyo und Onkel Tokos Mutter waren nämlich Nebenfrauen. Dies erklärt vielleicht Onkel Tokos Benehmen, bezüglich des verschlechterten Familienklimas darf man aber die Rolle des Phonographen und des Saxophons nicht vergessen. Die Gründe von Iyos Mißerfolg sind allerdings ziemlich gleichgültig, denn Yango hat sein Vorhaben am nächsten Morgen ausgeführt – er ist verschwunden.

Yango ist verschwunden.

Alle Ohren haben es gleichzeitig gehört. Aus allen Mündern gleichzeitig verbreitet sich die Neuigkeit wie ein unsichtbarer Teppich, von Haus zu Haus, von einem Ende des Dorfes zum anderen.

Yango ist verschwunden. Wohin kann er denn nur gegangen sein? Als erste zeigen sich natürlich seine Eltern beunruhigt: seine klapperdürre Mutter, die sich üblicherweise von morgens bis abends zu Hause einschließt, um ihre Pfeife zu rauchen, sein Vater, der um diese Stunde wie jeden Tag bereits dabei sein sollte, auf der »Pfeife der Weißen« zu blasen. Ihr Sohn, ihr einziger Sohn ist verschwunden. Den ganzen Tag über klagen sie zum Herzerweichen dem gesamten Dorf ihr Leid, obwohl doch Onkel Toko selbst Yangos Verschwinden verursacht hat. Nicht allein, indem er seinen einzigen Sohn erbarmungslos geschlagen hat, vor allem, indem er ihm androhte, ihm jeden Tag zehn Schläge zu verabreichen. »Damit wir endlich herausfinden, was er gesehen hat und was er unbedingt vor uns verbergen will.«

Ich für meinen Teil, um ehrlich zu sein, fühle mich überhaupt nicht wohl. Mein erstes Herz hat sich in einen Ankläger verwandelt. »Deine Schuld, daß das alles passiert ist«, sagt es mir ohne Umschweife. »Als Onkel Toko Yango gestern nachmittag verprügelte, hättest du mutig gestehen müssen, daß er dich nackt mit Ekalé in ihrem dunklen Zimmer gesehen hat.« – »Wie bitte?« widerspricht das zweite Herz. »Was soll das heißen, mutig?« Dieses Herz ist schlau, es tut so, als verstünde es die Worte nicht. Aber nur um mich zu beschützen.

»Mutig, sagst du? Hättest du es denn tun können?« Das erste Herz hört diese Frage, wiederholt sie in seinem Innersten (denn jedes Herz hat sein eigenes Innerstes), versteht sie durchaus, zögert und antwortet schließlich – mit Schweigen. So tun es scheinbar mutige Herzen oft. Obwohl es damit den Rückzug antritt, verbreitet es in mir einen Frieden, dank dessen ich wieder ein Mensch wie andere werde. Plötzlich finde ich die Fähigkeit zu träumen wieder, die mit den Vorkommnissen der letzten Zeit verschwunden war.

Ich stelle mir Yango in dem Dorf vor, in dem er sich jetzt aufhält. Es ist ein riesig großes Land, wo er niemanden kennt und wo niemand ihn kennt. Niemand. Er sucht vergeblich seine Mama. Er steht auf dem Dorfplatz und schreit: »Mama! Ich will meine Mama, ich hab Hunger!« Mehrere Frauen kommen herbei, und jede sagt: »Ich bin deine Mama. Komm mit mir, ich gebe dir etwas zu essen.« Aber die eine Mama will er nicht, denn sie raucht keine Pfeife. Die andere Mama auch nicht, denn sie raucht ebenfalls keine Pfeife. Auch die dritte nicht. Aus demselben Grund. Und weil er keine von ihnen als Mama will, beginnen die Frauen, die in der Hoffnung, sich von einem unbekannten Kind adoptieren zu lassen, aus ihren Häusern gestürzt waren, ihn zu verabscheuen. Und sie stacheln ihre Männer an, dasselbe zu tun. Bald steht Yango auf dem Dorfplatz allein einer haßerfüllt schreienden Menge gegenüber: »Du gehörst nicht zu uns, geh weg! Niemand will dich hier, geh, geh!« Darüber setzt Regen ein, und da in jenem Landstrich fast niemals Regen fällt, glauben alle, Yangos Hexerei lasse das Wasser vom Himmel fallen. Er ist das Regenkind geworden. Und die Menschen schreien ihn lauter und lauter an: »Geh fort, Regenkind! Bring deinen Regen woanders hin. Hier will ihn niemand. Geh weg, wir wollen sofort das schöne Wetter zurück!« Sie werfen Steine nach ihm. Das schmerzt mich, und ich schreie laut: »Nein, ihr dürft ihn nicht töten! Ihr habt kein …«

»Hallo, Muana, aufstehen! Die Sonne ist schon lange aufgegangen. Wer hat dir gesagt, daß ein Mann den ganzen Tag im Bett bleiben soll? Steh auf … Und sprich nicht im Schlaf, sonst kennen bald alle deine geheimsten Gedanken«, sagt Maa Frida und schüttelt mir sanft die Schulter.

Ich öffne die Augen und frage unwillkürlich:

»Ist Yango zurückgekommen?«

»Nein, Muana, er ist nicht zurückgekommen. Aber wenigstens wissen wir jetzt, wo er ist.«

»Haben sie ihn in dem Dorf gefangengenommen?«

»In welchem Dorf?«

Ich vergaß, daß meine Mutter nicht zusammen mit mir in jenem Dorf war, in den mein Alptraum mich geführt hatte, als gerade eine Menschenmenge sich anschickte, Yango, das Regenkind, totzuschlagen. Ich brauche einige Zeit, um eine Antwort auf Maa Fridas Frage zu finden. Sie wartet nicht. Sie sagt einfach:

»Komm, steh auf und träum nicht.«

Was für eine gute Mutter, sage ich zu mir. Dann frage ich: »Wo ist denn Yango?«

»Rate mal.«

»Ich weiß es nicht.«

»Bei Tante Noëlla. Paa Franz hat ihn gestern abend dort entdeckt. Als er von der Arbeit zurückkam, hat er einen Umweg zu Tante Noëlla gemacht, um sie zu fragen, ob Yango nicht zufällig bei ihr ist. Und tatsächlich. Er war da.«

Damit hätte ich nicht gerechnet, denn seit langem weiß ich, daß Tante Noëlla meine Tante ist. Ich vergesse, daß ich mir gerade vor wenigen Augenblicken Sorgen um Yango gemacht habe, der einiges Leid auf sich genommen hat, um mich nicht preiszugeben, und frage mit einem Anflug von Neid:

»Warum ist er zu meiner Tante gegangen?«

»Weil Tante Noëlla auch seine Tante ist, Muana.«

»Ach ja?«

»Aber ja. Tante Noëlla ist doch meine Schwester, und die von deinem Onkel Toko und die von Onkel Franz.«

»So ist das?«

»Aber ja, Muana. Wir alle haben denselben Vater. Verstehst du? Ja, du mußt das verstehen, denn du bist ja jetzt ein Mann geworden, weißt du?«

Ich verstehe, was ich verstehen kann. Ich merke vor allem, daß Maa Frida mich seit dem Aufwachen bereits zweimal als »Mann« angesprochen hat. Ahnt sie etwas bezüglich meiner abgebrochenen »Erfahrung« mit Ekalé? Die habe ich übrigens seit drei oder vier Tagen nicht mehr gesehen. Wo ist sie denn hin? Mich überkommt plötzlich wieder das Gefühl, ich befände mich in einem Traum, in dem ich nichts von den Ereignissen verstehe, auch nichts von den Figuren, die um mich herum auftauchen. Man könnte sagen, daß ich in einer immer rätselhafteren Welt lebe. Oder man verbirgt etwas vor mir. Sogar die Lust, Fragen über Fragen zu stellen, ist mir vergangen. Man könnte glauben, ich gehörte überhaupt nicht mehr zur Welt der Kinder, obwohl man noch die Gewohnheit beibehält, mich »Muana« zu nennen, das heißt »Kind«.

Als ich schließlich eines Tages erfahre, daß Ekalé in das Dorf ihres Ehemannes zurückgekehrt ist – »sie kommt nicht mehr wieder«, bemerkt Iyo dazu –, sage ich mir, daß doch irgend etwas vorgefallen sein muß. Ich mag mir nicht vorstellen, daß unser großes Geheimnis, der Gegenstand so vieler Auseinandersetzungen meines rechten und linken Herzens, gelüftet worden sein könnte. Von wem denn auch? Yango hat das Dorf verlassen, ohne etwas zu verraten, und ist in die Stadt geflohen. Ekalé selbst hatte keinerlei Interesse daran, daß Iyo von ihrem Versuch erführe, mir das »Leben« ein bißchen zu früh für mein Alter beizubringen. Meine Großmutter hätte ihre Tat keineswegs gutgeheißen. Man hätte ihr Benehmen für unschicklich erachtet, weil wenig den Regeln der Gastfreundschaft gemäß, die man einer ehemaligen Patientin schenkt, die eine Freundin der Familie geworden ist. Das alles stimmt, aber doch ist Ekalé zu ihrem Mann zurückgekehrt, anscheinend für immer. Wer also hat die Sache verbreitet?

Einige Tage vergehen unter der Qual dieser inneren Befragung, aus der ich keinen Ausweg finde. Jeden Tag bin ich ein bißchen mehr davon überzeugt, daß die Menschen um mich herum jetzt wissen, was Yango gesehen hat und was er nicht preisgeben wollte. Und ich spüre genau, daß niemand mit mir darüber sprechen will. Als hätten sich alle verabredet. Ich empfinde den meinen gegenüber immer mehr Furcht. Ich wage ihnen jetzt kaum ins Gesicht zu schauen. Dennoch bleiben sie alle sehr freundlich mir gegenüber.

Dann, eines Tages, erhellt ein Blitz meinen Geist. Mir fällt plötzlich der Morgen ein, als Maa Frida mich wecken kam. Erinnert euch, was sie da unter anderem zu mir sagte: »Sprich nicht im Schlaf, sonst kennen bald alle deine geheimsten Gedanken.« Für alles gibt es eine Erklärung, sage ich mir. Ich selbst muß das Geheimnis preisgegeben haben, als ich im Traum laut sprach. Eines Nachts, als meine Gedanken mich bis in den tiefsten Schlaf verfolgten. Meinetwegen hat Yango vergebens gelitten, meinetwegen hat Iyo Ekalé fortgeschickt! Trotz der unwiderlegbaren Entschuldigung, daß ich es unfreiwillig tat, schäme ich mich dessen, was ich angerichtet habe. Ich schäme mich um so mehr, als die Menschen um mich herum sich mir gegenüber von einer Fürsorglichkeit zeigen, wie ich sie vorher nicht gekannt habe.

Bei diesem Schluß angelangt, der mir am einleuchtendsten erscheint, beschließe auch ich, das Dorf zu verlassen und in die Stadt zu fliehen. Zu Tante Noëlla. Wie Yango. Nicht, daß ich denke, mich so wirklich retten zu können. Wenn Paa Franz oder Onkel Toko dort eines Tages vorbeikämen, würden sie mich in diesem Versteck sogleich aufspüren, das meine Tante gewiß nicht geheimhalten wird. Nein, ich spüre einfach nur das Bedürfnis, woanders zu leben. Und da Yango jetzt bei unserer gemeinsamen Tante ist, gehe ich eben dorthin.

12

Als Tante Noëlla mir die Tür öffnet, traut sie ihren Augen nicht. Natürlich wußte sie nicht, daß ich kommen würde. Wer hätte sie auch benachrichtigen können? Sie überschüttet mich mit Fragen. Wer mich hierher gebracht hat. Warum ich von Iyo fortgegangen bin. Ob Iyo und Maa Frida gewußt haben, daß ich fortgehe, und was sie dazu sagen. Ob Paa Franz mit meinem Fortgang einverstanden war. Wie ein Kind sich ganz allein auf den Weg in die Stadt machen kann. »Weißt du nicht, daß es hier viele Autos gibt, die dich überfahren könnten? Weißt du nicht, was für eine weite Reise du da für ein Kind deines Alters gemacht hast? Wirst du zu Iyo zurückgehen, oder willst du hier bei mir bleiben? Weißt du, daß auch Yango seit einigen Tagen hier ist? Als Paa Franz ihn erblickte, dachte ich, er nähme ihn wieder mit zurück nach Djedu. Aber nein, er hat nicht einmal davon gesprochen. Und dann dachte ich, Toko würde seinen Sohn zurückverlangen. Auch nicht. Sie scheinen es alle ganz in Ordnung zu finden, daß er hier ist. Nun ja. Und wenn ihr jetzt beide glücklich bei mir seid, warum sollt ihr nicht bleiben? Ihr seid hier zu Hause. Bei eurer Tante seid ihr zu Hause. Das macht keinen Unterschied. Ach, wenn ich nur daran denke, daß du ganz allein den langen Weg gegangen bist! Ein Auto hätte dich überfahren können! Da hätte schon gereicht, daß der Fahrer Lust gehabt hätte, dich zu töten. Niemand hätte ihn daran gehindert. Selbst der liebe Gott hätte nur zugeschaut. Ich sage dir, der Allmächtige hat dich beschützt, mein Sohn. Yango ist größer als du, und schon als ich ihn vor ein paar Tagen ganz allein hier ankommen sah, lief mir kalter Angstschweiß über das Gesicht. Und um dich muß man doch noch viel mehr Angst haben. Wie konnten Frida und Iyo nur zulassen, daß ein Kind an einem solch heißen Tag wie heute sein Leben auf der Straße derart aufs Spiel setzt?«

Ich erinnere Tante Noëlla daran, daß ich schon früher zweimal bei ihr war, in Begleitung meines großen Bruders Bilè. Diese früheren Reisen hatten mich so mit dem Weg vertraut gemacht, daß es mir nicht schwer fiel, ihn wiederzufinden. Ich verstehe übrigens ihren Schrecken bei dem Gedanken, ein Auto hätte mich überfahren können. Und mein Innerstes ergänzt lächelnd, was meine jungen Lippen laut und fröhlich aussprechen: »Ein Auto! Und wenn es das Auto eines bösen Menschen ist! Vom Auto eines bösen Menschen will ich nicht überfahren werden, oh nein!« Ich habe schon gehört, daß solche Unfälle immer wieder einmal geschehen. Und natürlich hätten meine Mutter und meine Großmutter die Arme zum Himmel erhoben, wenn ich ihnen meine Absicht mitgeteilt hätte, allein die Gefahren der Straße auf mich zu nehmen, vor allem »an einem solch heißen Tag wie heute«. Genau deshalb, erkläre ich meiner Tante, bin ich gegangen, ohne Iyo oder Maa Frida oder Paa Franz um Erlaubnis zu fragen. Ich weiß genau, daß keiner von ihnen mir das Experiment, das ich gerade ausgeführt habe, erlaubt hätte. Und ich füge hinzu, daß ich vor Sehnsucht fast gestorben wäre, so schnell wie möglich meine vielgeliebte Tante wiederzusehen. Einfältig, wie ich bin, ahne ich nicht, daß Tante Noëlla über den wahren Grund, der mich veranlaßt hat, heimlich wegzugehen, schon auf dem laufenden ist. Denn natürlich hat Paa Franz, als er Yango bei seiner Schwester vorfand, erzählt, was sich in der letzten Zeit in Djedu um Yango, Ekalé und mich herum zugetragen hat. Meiner Aufmerksamkeit entgeht die amüsierte Miene, mit der Tante Noëlla meinem Bericht zuhört, besonders, als ich ihn mit meiner Liebe zu ihr würze, die ihr schmeicheln soll. Übertreiben wir nicht. Ich habe das nicht nur gesagt, um ihr zu gefallen. Ich mag Tante Noëlla wirklich, selbst wenn es unter den gegebenen Umständen ziemlich »nützlich« erscheint, ihr das zu sagen. Doch, ich liebe sie sehr. Seitdem ich sie kenne, erinnere ich mich keiner Gelegenheit, bei der wir uns begegnet wären, ohne daß sie mir Bonbons oder Schokolade oder ein Geldstück gegeben hätte. Nein, ich habe ihr das nicht gesagt, um vor ihr in einem guten Licht dazustehen. Übrigens habe ich nicht vergessen anzumerken, daß auch Yango mir seit seinem Weggehen sehr gefehlt hat. Und da ich wußte, daß er hier ist, hätte ich beschlossen, auch herzukommen.

Mit einem Lächeln, das, weit davon entfernt, mich zu verwirren, zu genieren oder auch nur zu verunsichern, mich im Gegenteil bestärkt, gibt Tante Noëlla vor, meine Wahrheiten und Lügen komplett und mühelos zu schlucken. Während ich zu ihr spreche und sie mich lächelnd anschaut, muß sie wohl denken, daß ein Kindermund entgegen dem, was man im allgemeinen glaubt, nicht immer die Wahrheit kundtut. Gleichviel, vor allem mußte ich hierher kommen. Und da meine Tante mich mit den Worten empfängt, ich sei bei ihr zu Hause, hätte ich unrecht, mich zu beschweren oder mehr zu verlangen.

»Wo ist denn Yango?« frage ich schließlich.

»Ich habe ihn zum Markt geschickt, um Fisch und Reis zu kaufen. Er wird gleich zurückkommen. Warte nur einen Augenblick.«

Fisch auf dem Markt kaufen – das ist neu für mich. Dort im Dorf meiner Großmutter wird der Fisch abends am Flußufer verkauft, wenn die Fischer von ihrem Tag auf dem Meer zurückkehren. Einen Markt habe ich noch nie gesehen. Daher meine Neugier und meine fast unmittelbare Entgegnung:

»Was ist ein Markt?«

»Das ist dort, wo man alles Mögliche kauft und verkauft. Wenn du etwas kaufen willst, gehst du auf den Markt. Genauso, wenn du Bananen, Erdnüsse, Öl oder sonst etwas verkaufen willst. Du gehst auf den Markt, und dort kaufen die Leute, was du zu verkaufen hast.«

»Ist das am Flußufer?«

»Nein, warum?«

»Na ja, wenn die Fischer ihre Fische verkaufen wollen ...«

»Wie bei Iyo in Djedu, nicht wahr?« sagt meine Tante lachend und erklärt weiter: »Weißt du, wir sind hier nicht in Djedu, wir sind in der Stadt. Die Fischer müssen ihre Fische zum Markt bringen, wenn sie sie verkaufen wollen. Der Markt kommt nicht hinunter zum Fluß.«

Ihre Bemerkungen machen mich nachdenklich. Doch da ich noch nie einen Markt gesehen habe, glaube ich, daß ich nicht wirklich verstehen kann, was meine Tante sagt. Darum wage ich vorzuschlagen:

»Ich möchte auch gerne zum Markt gehen.«

»Aber sicher, da wirst du hingehen. Ganz bestimmt. Mit mir auf den großen Markt und mit Yango auf den kleinen, hier ganz in der Nähe. Glaub mir, bald kennst du alle Märkte der Stadt.«

Ich habe euch noch nicht gesagt, daß Tante Noëlla in der »richtigen« Stadt wohnt. So sagt man, um zu betonen, daß es sich keineswegs um ein Viertel am Stadtrand handelt oder um einen der Vororte, die sich zu unrecht so aufführen, als wären sie Teil der »richtigen« Stadt. Tante Noëlla hat ein festes Haus wie das ihres Bruders Paa Franz in Djedu. Aber sie hat keine Aida-Benzinlampe. Sie macht Licht mit Hilfe zweier Sturmlaternen, die für das große Haus entschieden nicht ausreichen. Glücklicherweise aber ist das Haus, das auf einem Sockel aus Backsteinen und Beton ruht, am Rande einer sehr belebten Straße gelegen. Gleich vor dem Haus steht eine elektrische Straßenlaterne, deren strahlend helle Glühbirne ursprünglich nur dazu bestimmt war, an dieser Stelle die Straße zu beleuchten, die nun aber, wenn die Nacht kommt, ganz offiziell und sehr wirksam das Licht der beiden Sturmlaternen ergänzt. Nein, hier gibt es kein weißes Aida-Licht, das die schwarzen Gesichter zur Stunde des Zauberkastens grau aussehen läßt. Aber Tante Noëlla besitzt wie ihr Bruder ein Grammophon. Dieses Ding, das mich so sehr anlockt, ist ohne Zweifel auch ein Grund für die tiefe Liebe, die ich für meine Tante hege. Und doch, welche Enttäuschung bereitet es mir hier in der Stadt! Zunächst muß man wissen, daß die Menschen in der Stadt sich nicht so häufig besuchen wie im Dorf meiner Großmutter. Und sie legen gegenüber dem Zauberkasten eine Gleichgültigkeit an den Tag, die ich nicht begreife. Ein bißchen, als wären sie nicht von ihm verzaubert. Als fänden sie ihn nicht absolut zauberhaft. Stellt euch vor, die Menschen hier versammeln sich gar nicht um ihn, wenn er abends singt. Er wartet auch nicht auf den Abend, um seine Melodien zu singen. Und keiner singt dazu mit der lautstarken Freude, die eines der großen Vergnügen meiner Kindheit war. Der Zauberkasten singt hier zu jeder Tageszeit, sobald jemand Lust hat, ihn zu hören. Man muß nur die Kurbel drehen und den Kopf und die Nadel vorsichtig auf eine Schallplatte setzen – und der Zauberkasten spielt. Und niemand singt mit dem Sänger (oder der Sängerin), die in dem Kasten (oder in der Schallplatte) eingeschlossen sind. Nein wirklich, die Leute in der Stadt sind eine echte Enttäuschung. Sie wissen nicht, über welchen Schatz sie da verfügen. Sie verstehen es nicht einmal, sich ohne jede Vernunft über den Mann oder die Frau zu streiten, die beim Singen ab und zu ein »Tchi-Tchi« von sich geben, als bedrückt sie ein Schmerz. Die Leute in der Stadt … Man muß sich fragen, worüber sie überhaupt staunen können.

Bald kommt Yango mit einer großen Emailleschüssel voller Fische, Tomaten, Reis und Salz auf dem Kopf vom Markt zurück, alles Dinge, die Tante Noëlla ihm zu kaufen aufgetragen hatte. Als er mich sieht, stellt er die Schüssel schnell auf den Boden. Seine Überraschung und seine Freude sind unbeschreiblich. Er springt in die Luft, schreit, nimmt meinen Arm, läßt mich los, springt wieder in die Luft und schreit noch mehr. Tante Noëlla betrachtet das Geschehen einen Augenblick lang ganz verblüfft und beschließt dann, zu ernsthaften Dingen überzugehen. Auch sie ist überrascht, aber aus einem anderen Grund.

»Yango, hast du das alles vom Markt mitgebracht?«

»Ja, Tante.«

»Und du hast das alles mit den zwei Francs fünfzig gekauft, die ich dir gegeben habe?«

»Nein, Tante, ich habe nicht alles ausgegeben. Ich habe dir sogar noch etwas zurückgebracht. Hier, nimm.«

»Fünfzig Centimes! Dann hast du ja nur zwei Francs ausgegeben! Wie hast du denn das alles für nur zwei Francs kaufen können?«

»Na ja, Tante, ich habe nicht alle Sachen bezahlt. Einige habe ich einfach so genommen.«

»Wie genommen? Ohne zu bezahlen?

»Das geht so, Tante, ich strecke meine Hand aus, ich nehme einen Fisch, und wenn mich niemand sieht, lege ich den Fisch in die Schüssel und gehe weg, ohne zu bezahlen.«

»Yango!« schreit Tante Noëlla entsetzt. »Weißt du denn nicht, daß das Diebstahl ist? Und daß du ins Gefängnis gekommen wärst, wenn ein Polizist dich gesehen hätte?«

»Aber Tante, ich dachte ...«

»Ich dachte! Ich dachte! Habe ich dich darum gebeten, zu denken? Ich habe dich zum Einkaufen auf den Markt geschickt, nicht zum Stehlen. In unserer Familie stiehlt man nicht. Bring keine Schande über uns! Woher kommst du nur! Nimm sofort die Schüssel, wir gehen zusammen zurück zum Markt. Du wirst mir zeigen, wo du die Sachen gestohlen hast. Schnell! Und Muana, du kommst auch mit.«

So bin ich zum ersten Mal auf den Markt gegangen. Angesichts der eher stürmischen Umstände dieses Besuchs bin ich kaum in der Lage, die neue Welt zu beschreiben, die ich dort entdecke. Die stärkste Erinnerung, die mir davon bleibt, ist die einer riesigen Menschenmenge. Käufer, Händler, Gaffer, Männer, Frauen, Kinder und Alte. Im Augenblick aber beschäftigt mich, wie Yango sich vor all den Händlern rechtfertigen wird, bei denen er hier einen Fisch, dort eine Tomate, anderswo Reis und Salz gestohlen hat.

Doch dieser erste Tag bei Tante Noëlla lehrt mich, daß die Stadt ganz entschieden ein Ort voller Rätsel ist. Bedenkt nur: Yango führte uns an alle Stände, an denen er etwas kaufen sollte. Und – haltet euch gut fest –, nirgends, wirklich nirgends erkannte man ihn wieder. Kein einziger Händler, nicht eine einzige Marktfrau schrie: »Da ist er! Da ist der kleine Schurke, der mir vorhin die Tomaten geklaut hat!« Nein, niemand erinnerte sich, meinem Cousin überhaupt etwas verkauft zu haben. Das brachte Tante Noëlla ziemlich durcheinander. Nicht, daß sie sich gewünscht hätte, Händlern zu begegnen, die haßerfüllt nach Vergeltung schreien. Daß aber alle diese Menschen Yango offenbar zum ersten Mal sahen, stürzte unsere Tante in völlige Verwirrung. Es blieb uns nichts anderes übrig, als uns mit den Lebensmitteln, von denen einige uns nach den üblichen Regeln des Marktes nicht wirklich gehörten, wieder nach Hause aufzumachen. Und Yango selbst beruhigte Tante Noëlla:

»Weißt du«, sagt er offenherzig, »es gibt viel zu viele Menschen auf dem Markt. Die Händler können gar nicht alle Kunden kennen. Und sie haben viel zu viel zu verkaufen, so daß du ganz leicht etwas ausleihen kannst, ohne daß sie es merken.«

»Ausleihen?!« nimmt Tante Noëlla sein Wort zornig auf. »*Ausleihen* ist, wenn man hinterher zurückgibt, was man ausgeliehen hat. Du hast nicht ausgeliehen, Yango, du hast *gestohlen!* Und wenn ich nicht wüßte, wie empfindlich dein Hintern im Augenblick ist, hätte ich nicht übel Lust, dich ordentlich zu verprügeln. Gehen wir nach Hause. Essen wir deine Fische, und beten wir zum Himmel, daß die Gräten uns nicht im Hals steckenbleiben.«

Mir war nicht entgangen, daß Tante Noëlla von Yangos »empfindlichem Hintern« gesprochen hatte. Er versicherte mir, daß nicht er diesen Umstand offenbart hatte. Aber wer dann? Auf jeden Fall aßen wir die gekauften und gestohlenen Fische durcheinander, und keine ihrer zahlreichen Gräten blieb uns im Halse stecken. Alle hatten den köstlichen Geschmack frischer Fische aus dem warmen Meer. Nach dem Essen hielt Tante Noëlla Yango und mir eine lange Rede über Diebstahl, Lüge und Unehrlichkeit, die wir stets meiden sollen. Und über den geraden Weg, auf dem wir immer gehen müssen, weil dort die Sonne der Treue, Wahrheit, Aufrichtigkeit und Ehrlichkeit scheint. Wir hörten den klugen Ratschlägen unserer Tante mit großer Aufmerksamkeit zu, denn es stimmt schon, daß ein gefüllter Magen die Ohren weit öffnet.

Später erklärt mir Yango, was es mit den Händlern, die ihn nicht als Kunden oder Dieb wiedererkannten, wirklich auf sich hat.

»Es gibt zwei Märkte«, sagt er, »den großen und den kleinen. Tante Noëlla hatte mich auf den kleinen Markt geschickt, der nahe bei unserem Haus liegt. Ich bin aber auf den großen gegangen, um einzukaufen. Als sie mich zu den Händlern bringen wollte, habe ich mir gesagt, daß es besser wäre, zum kleinen Markt ›zurückzugehen‹, wo keiner mich wiedererkennen würde.«

Ich bin sprachlos vor Bewunderung. Yango ist viel schlauer, als Maa Frida und Iyo glauben, wenn sie ihn immer »den Dummkopf« nennen. Seit jenem Augenblick hat mich mein Cousin, mit dem Klumpfuß und seiner gestern noch mühsamen Aussprache, völlig erobert.

13

Tante Noëlla. Ich sehe sie groß und schön, eine starke Persönlichkeit. Sie sieht aus, als führe sie ihr Leben ganz allein, denn auf den ersten Blick hat sie keinen Ehemann. Mein Gefühl sagt mir, daß das nicht normal ist. Aber natürlich hätte ich nicht den Mut, ihr anzuvertrauen, wie ich darüber denke. An manchen Tagen zieht sie ein schönes Kleid und hochhackige Schuhe an und krönt das ganze mit einem passenden Hut. Wenn sie sich dann das Gesicht gepudert hat, nimmt sie die schwarze Handtasche und sagt beim Hinausgehen:

»Wenn euch jemand fragt, wo ich bin, sagt, daß ich ausgegangen bin. Daß ich nicht da bin. Daß ihr nicht wißt, wohin ich gegangen bin. Mehr nicht.«

Yango und ich führen diese Vorschrift gewissenhaft aus. Daher wird vielleicht niemand im Viertel je erfahren, wohin unsere Tante geht, wenn sie »ausgeht«. Sie ist nicht da. Wir wissen nicht, wohin sie gegangen ist. Im allgemeinen dringen die Menschen nicht in uns und gehen wieder nach Hause, wenn wir unseren Spruch aufgesagt haben. Und unsere Wachsamkeit ermuntert die Besucher zu gehen, ohne einen der zahlreichen Gegenstände mitzunehmen, die das große Zimmer schmücken, in dem wir auf Tante Noëlla warten. An einer der weißen Wände hängt unter Glas und aus einem mir unbekannten Grund eingerahmt das etwas verblaßte große Foto eines weißen Soldaten mit Schnurrbart und Tressen. Etwas weiter an derselben Wand dient eine fein geflochtene beige Matte als Hintergrund für eine ganze Reihe von Schwarzweißfotos, unter denen man nicht umhin kann, das eines schönen schwarzen Herrn zu bemerken, der einen europäischen Anzug und in der Mitte seiner sorgfältig gekämmten Haare sehr deutlich einen Scheitel trägt. An einer anderen Wand hängt ein ordentlich aufgespanntes Leopardenfell, vor dem ich keine Angst mehr habe, seit mein großer Bruder Bilè mich davon überzeugte, daß es keine Kinder mehr fressen kann. In einer Ecke trägt ein Schemel stolz eine Sturmlaterne, ein wenig, als wollte sie sich mit der Aida-Lampe von Paa Franz vergleichen. Auf der Truhe, die dort steht, sind verschiedene Gegenstände ausgestellt, die einen Besucher, der in dem Zimmer allein gelassen würde, ohne Zweifel in Versuchung führen könnten: drei kleine geschnitzte Ebenholz-Elefanten, ein Spiegel, ein Elfenbeinkamm, eine Halskette aus Perlen, die unter dem Staub, der sie bedeckt, kaum sichtbar sind, die Figur eines weißen Reiters mit Kolonialhelm, eine kleine, nie benutzte Taschenlampe ... Yango und ich sind die Wächter über all diese Schätze. Wenn Tante Noëlla zurückkommt, bringt sie uns Bonbons und Kekse mit, als Belohnung dafür, daß wir ihre Besitztümer bestmöglich bewacht und den Besuchern richtig geantwortet haben, daß sie ausgegangen ist und wir nicht wissen, wohin sie gegangen ist.

Eines Tages, als wir beide auf Tante Noëlla warten, überrascht mich Cousin Yango wieder mit einem seiner Tricks.

»Ich zeige dir etwas«, sagt er.

So schnell wie ein wahrhaftiger Zauberkünstler holt er aus seiner Tasche ein Geldstück hervor und hält es mir auf seiner Handfläche entgegen.

»Weißt du, was das ist?« fragt er mich.

»Ach, das ist doch Geld«, sage ich wie ein richtiger Kenner.

»Ja, das ist Geld, aber wieviel?«

Ich gestehe, daß ich es nicht weiß. Yango hält sich vor Lachen den Bauch und macht sich über mich lustig. Weiß nicht, wie ein Zwei-Francs-Stück aussieht! Und hält sich für erwachsen! Nur weil er allein die Straße von Djedu bis in die Stadt gegangen ist!

»Wer hat dir denn dieses Zwei-Francs-Stück gegeben?«

»Niemand.«

»Und woher hast du es dann?«

»Was? Na ja, ich habe es vom Markt mitgebracht.«

»Du hast es vom Markt mitgebracht? Verstehe ich nicht.«

»Ach so, stimmt ja, du verstehst das nicht. Hör zu, neulich habe ich dir gesagt, daß ich nicht auf den kleinen Markt gegangen bin, stimmt's?«

»Ja, ich weiß, aber ...«

»Na gut, dann solltest du auch wissen, daß ich die Fische und die anderen Sachen, die wir gegessen haben, vom Markt mitgebracht habe, ohne überhaupt etwas zu bezahlen.«

»Was? Das hast du getan? Yango, das ist ja schrecklich!«

»Du willst doch nicht etwa, daß ich das alles Tante Noëlla erzähle, oder?«

»Dann werde ich es ihr erzählen.«

»Was sagst du?« fragt Yango und streckt mir die Faust entgegen.

»Ich sagte, daß ich es ...«

Zack! Als Antwort auf meine Drohung hat Yango mir einen heftigen Schlag vor die Brust versetzt.

»Au! Du hast mir weh getan. Dann ...«

Zack! Auch ich versetze ihm einen Faustschlag. Der Kampf geht los. Du schlägst mich? Dann schlage ich dich auch. Es ist ernst. Yango, der größer ist als ich, scheint im Vorteil zu sein. Doch ich erwidere jeden seiner Schläge, selbst wenn ich zugeben muß, daß die Lage für mich schlechter und schlechter steht. Ich spüre, daß ich unterliegen werde. Ich werde um Hilfe weinen. Wird jemand kommen? Ich weiß es nicht. Nachbarn vielleicht, wenn sie mich hören. Ach, wenn Iyo nur hier wäre. Aber sie weiß, daß ich jetzt groß bin. Würde sie mich die Angelegenheit nicht ganz allein durchstehen lassen? Ganz allein siegen oder besiegt werden? Yango schlägt stärker und stärker zu. Er will mir eine Lektion erteilen. Er will, daß ich ihn wie einen großen Bruder respektiere. Das sagt er, während er mir weiter Schläge versetzt. Ich schlage nicht einmal mehr zurück. Ich schreie nur noch, weine und erinnere meinen Cousin daran, daß er mir sehr, sehr weh tut. Darauf antwortet er, während er wütend fortfährt, mich zu schlagen:

»Sag das noch einmal ...« Zack! »Sag noch einmal ...« Zack! »daß du ...« Zack! Zack! »ihr alles erzählst ...« Zack! Zack!

»Nein, nein! Ich erzähle nichts. Ich erzähle ni ... Aua! Ich erzähle überhaupt ni ... Du tust mir weh, du tust ... Hilfe, Leute, helft mir! Yango will mich umbringen! Er will mich ...«

Darüber tritt jemand ein. Es war höchste Zeit.

»He, ihr! Aufhören!« sagt er mit befehlender Stimme. »Was ist denn hier los? Eure Tante ist ausgegangen, und ihr prügelt euch und bringt das ganze Haus durcheinander … Was fällt euch ein! Kommt sofort hierher!«

Dieser würdig aussehende Herr ist mit uns nicht zufrieden. Und obwohl wir ihn nicht kennen, gehorchen wir ihm. Yango und ich tun, was er uns gerade befohlen hat. Verblüfft gehen wir auf ihn zu. Er steht immer noch an der Türschwelle, neben einem Pappkoffer, den er auf dem Boden abgesetzt hat, als er uns sah. Aus Angst und Scham wagen wir nicht, den Kopf zu heben, um zu sehen, wer da in solch bestimmtem Ton zu uns spricht. Doch er befiehlt:

»Schaut mich an, ihr Dummköpfe!«

Jetzt stehen wir zwei Schritte vor ihm. Ich hebe den Blick. Ich finde ihn sehr groß. Das heißt nichts, sage ich mir, ich bin ja noch klein. Dann schaue ich ihn etwas länger an und entdecke schließlich anhand des Scheitels, der seine Haare in zwei Hälften teilt, daß er der Mann auf dem Foto ist.

Er sieht ohne Zärtlichkeit von seiner Höhe auf uns herab, dann fragt er trocken:

»Wo ist Noëlla?«

Wortlos werfen Yango und ich uns einen Blick zu, als wollten wir uns wie unter guten Komplizen absprechen, die wir trotz alledem sind. Unsere Blicke sprechen schnell miteinander. Sie sagen sich: »Das ist bestimmt jemand Wichtiges hier. Vielleicht ist das Tante Noëllas Ehemann. Aber wenn er uns wie Dummköpfe behandelt, verdient er nur die übliche Antwort.« Das ist es, was unsere Blick einander sagen.

Wir antworten im selben Augenblick, als hätten wir es vorher geübt:

»Tante Noëlla ist ausgegangen. Sie ist nicht da. Wir wissen nicht, wohin sie gegangen ist.«

Unser perfekt abgestimmtes Duo ruft ein Lächeln auf das bis dahin erschreckend ernste Gesicht des Mannes, der nun mit sehr viel ruhigerer Stimme zu uns sagt:

»Eigentlich seid ihr beiden trotz allem brave Burschen. Räumt auf, was ihr hier in Unordnung gebracht habt, und die Angelegenheit ist erledigt. Weswegen habt ihr euch denn überhaupt geschlagen?«

Bei dieser Frage schaue ich wieder Yango an. Sein Blick droht mir: »Wehe dir, wenn du etwas sagst.« Bewaffnet mit ein oder zwei möglichen Enthüllungen, die das Ansehen meines Cousins nicht gerade verbessern würden, gibt mein Blick die Drohung zurück: »Auch ich warne dich. Wehe dir, wenn du etwas sagst.« Wir haben uns verstanden. Darum antwortet keiner von uns auf die Frage, obwohl der Mann sie ein zweites Mal stellt, als wollte er es genau wissen. Wir räumen weiter das Zimmer auf, als hätten wir ihn nicht gehört.

»Gut«, sagt er schließlich in einem eher versöhnlichen Ton, »macht nichts, wenn ihr es mir nicht sagen wollt. Immerhin ist es eure Sache.«

In diesem Augenblick werde ich mir der Bedeutung des Geheimnisses, glaube ich, endgültig bewußt. Ich meine, daß wir das Geheimnis bewahren müssen. Ihr wißt selbst, welche Unannehmlichkeiten Yango und ich sonst seit einigen Wochen gehabt hätten. Und jetzt, da ich diese Geschichte schreibe, wird mir auch die Kraft deutlich, mit der der feine, unsichtbare Faden eines Wortes oder eines Satzes die Wesen verbindet, die er umschnürt. Ich begreife jetzt, wie sehr das Geheimnis, das uns damals verband, meine eigene Freiheit dem Handeln meines Cousins unterwarf.

Tante Noëlla kommt gerade in dem Moment zurück, als wir mit dem Aufräumen fertig werden. Sie bemerkt nichts Ungewöhnliches, und wir brauchen keine Vorwürfe zu befürchten, weil der Mann ihr von dem, was geschehen ist, nichts erzählen wird. Ihn interessiert vielmehr, woher unsere Tante so elegant gekleidet kommt, obwohl doch heute Sonntag ist.

»Wenn ich von der Reise heimkehre und finde dich nicht zu Hause, was willst du, daß ich glaube, in Anbetracht dessen, was die Leute erzählen.«

»Ach, mein lieber Hamébo, wenn du mich so empfängst, sage ich dir lieber gleich, daß du gut daran tust, alles zu glauben, was die Leute reden. Du kommst von der Reise zurück. Hast du mich benachrichtigt, daß du heute eintriffst? Du kommst überraschend zurück, weil du hofftest, mich dabei zu erwischen, daß ich ausgehe. So ist es doch. Was brauchst du mehr? Ganz einfach, ich wiederhole dir, was ich dir schon einmal gesagt habe: Wenn sich die Männer in deinem Land so aufführen, dann sollst du wissen, daß so ein Benehmen hier in Duala nicht üblich ist. Der Mann kommt nicht vorzeitig von einer Reise zurück, nur weil er sich vorstellt, er könnte seine Frau bei diesem oder jenem erwischen. Weil er an irgendwelche Eseleien glaubt, die die Leute ihm erzählt haben.«

Sichtlich wütend stellt Tante Noëlla ihre Handtasche auf den Tisch, öffnet sie hastig und holt Bonbons und Kekse heraus, während der Mann sie in noch lauterem Ton fragt:

»So also sprichst du vor deinen Kindern mit mir? Sind das die Manieren der Frauen in Duala?«

Sie antwortet nicht, kommt aber zu Yango und mir und gibt uns wie gewohnt die Bonbons und Kekse. Dann sagt sie zu uns:

»Kinder, steht nicht da herum und hört euch das an. Geht hinaus und eßt eure Bonbons und Kekse. Kommt zurück, wenn ich euch rufe.«

Wir gehen zur hinteren Tür hinaus, die auf einen großen Hof führt. Die Kinder der Nachbarschaft kommen oft zum Spielen hierher. Wir teilen unsere Bonbons und Kekse nicht immer guten Herzens mit ihnen, aber wir wissen, daß man dem traditionellen Gebot des Teilens stets Folge leisten muß.

Tante Noëlla mag zwar die Türe hinter uns schließen, trotzdem hören wir einiges von dem, was im Inneren gesagt wird. Es ist nicht besonders schön.

»Gehen wir woanders hin«, schlägt Yango vor, der genauso enttäuscht ist wie ich.

Wie gehen um die Häuser herum und gelangen etwas entfernt von Tante Noëllas Haus auf die Straße, die vor unserem Haus entlangführt. Bürgersteige sind in Duala noch unbekannt. Wie die anderen Passanten gehen wir daher am Straßenrand und geben auf die Autos acht, die um diese späte Nachmittagszeit aber nicht sehr zahlreich sind. Wir folgen einen Augenblick der Straße, dann biegen wir rechts in Richtung des Flußufers ab. Die Straße geht hinunter bis zum *Boulevard maritime*.

»Wenn man diese Straße immer weiter geht, kommt man zum großen Markt«, sagt Yango. »Wenn die Sonne heiß und glücklich vom Himmel scheint, brauchst du gute Beine, um dort hinzugelangen. Aber heute gehen wir nicht dahin. Es ist zu spät. Wenn du willst, zeige ich dir den Markt ein anderes Mal. Du wirst sehen, wie groß und schön er ist.«

In der Zwischenzeit bietet mir der *Boulevard maritime* ein ganz eigenes Schauspiel. Zum ersten Mal gehe ich auf solch einem breiten und zementierten Weg, der von hier, wo wir stehen, bis zum Ende der Erde zu führen scheint. Meine Augen können sein Ende nicht erblicken. Links säumen ihn auf seiner ganzen Länge Geschäfte, rechts fließt der Fluß entlang. Unzählige Pirogen und Schiffe schwimmen auf dem Wasser. Ein leichter Wind bläst aus der Richtung des Sonnenuntergangs, der die orangenfarbene Sonne unaufhörlich näherzieht. Ein purpurroter Himmel geht der Dämmerung voraus und zeichnet den Kamerun-Berg, den fernen Wächter am anderen Ufer, tief dunkelgrau in ein unvergeßliches Bild voll heller und leuchtender Farben. Noch heute ist mir dieser Anblick als eine Momentaufnahme des Glücks in das Gedächtnis geprägt. Doch zum Träumen habe ich kaum Zeit. Yango, der den Fuß ein wenig nachzieht, findet, daß wir genug gegangen sind.

»Wir müssen zurück«, meint er. »Damit Tante Noëlla sich keine Sorgen macht, wo wir bleiben.«

Ich folge ihm wie einem Führer, den ich bewundere und dank dessen ich heute etwas sehen konnte, das der schöne, aber etwas enge Horizont von Djedu mir nie gezeigt hat.

Bei unserer Tante erwartet uns ein Schauspiel ganz anderer Art. Offenbar ist es hier während unseres Spaziergangs nicht gerade friedlich zugegangen. Die Möbel sind verrückt, zerbrochene Teller und Schallplatten liegen auf dem Boden, der Geruch von Petroleum liegt in der Luft, als wäre eine der Sturmlaternen zerbrochen und ausgelaufen. Tante Noëlla hat sich in ihr Zimmer zurückgezogen, von einer Freundin versorgt, die »gerade rechtzeitig kam, um den schrecklichen Hamébo daran zu hindern, mich am hellichten Tag bei mir zu Hause umzubringen.«

»Kommt rein, Kinder, schaut euch eure Tante an. Gott sei Dank hat dieser dreckige Schuft sie nicht getötet. Kommt rein. Auch ich bin eure Tante. Ich meine, wenn ihr wollt. Ich bin die beste Freundin eurer Tante Noëlla. Ich heiße Kessi, und ich wäre entzückt, wenn ihr mich Tante Kessi nennen würdet. Was haltet ihr davon? Du, der größere, wie heißt du?«

»Yango.«

»Und du?«

Ich antworte nicht. Ich finde die Dame charmant, aber auch ziemlich geschwätzig. Wie es scheint, habe ich sie ziemlich seltsam angeschaut. Jedenfalls hat Yango mir das später vorgeworfen.

»Willst du mir deinen Namen nicht sagen?«

»Er heißt Muana«, antwortet Yango an meiner Stelle.

Und Tante Noëlla sagt ganz leise:

»Muana kann nicht sprechen. Seine Gefühle verschlagen ihm die Sprache, Kessi. Wenn er sich von seiner Überraschung erholt hat, ist er freundlich zu dir, warte nur ab.«

»Gut, Kinder, wir fangen damit an, wieder Ordnung in das Haus zu bringen. Du, Noëlla, bleibst noch liegen. Beweg dich nicht. Wir kümmern uns um alles. Sei ganz ruhig. Und vor allem, beweg dich nicht.«

Wir haben das ganze Haus aufgeräumt. Tante Kessi hat uns sehr geholfen. Sie hat beschlossen, die Nacht bei Tante Noëlla zu verbringen. »Und wenn dieser unglückselige Hamébo wiederkommt, um eure Tante zu ärgern, dann werde ich ihn schon empfangen.« Ich sage mir, daß der Mann mit dem Scheitel bestimmt nicht wiederkommt, denn sogar sein Foto ist aus der Sammlung auf der fein geflochtenen Matte an der Wand verschwunden. Als könnte bei Tante Noëlla das Verschwinden eines Fotos auch einen bösen Mann verschwinden lassen. Tante Kessi ißt mit uns und legt sich dann auf ein schmales Bett neben dem von Tante Noëlla. Um sie zu trösten, erzählte sie ihr beim Einschlafen eine ziemlich lange Geschichte aus ihrem eigenen Leben. Ein wenig, wie wenn sie einem Kind zum Einschlafen eine Kindergeschichte erzählen würde. Als ich vorhin dachte, daß sie geschwätzig sei, war mir nicht klar, wie sehr mein Urteil zutraf. Ich weiß nicht, wie lange sie ohne Unterbrechung redete, aber die dünnen Wände von Tante Noëllas Zimmer erlaubten es mir, die ganze Geschichte anzuhören. Und zwar später, als die Nacht es gewünscht hätte.

»Weißt du Noëlla, ich bin genauso wie du. Ich habe kein Glück mit den Männern. Jedenfalls bin ich noch nie auf einen Mann gestoßen, mit dem ich lange ohne Probleme hätte zusammenleben können. Der einzige, mit dem ich mich beinahe verstanden hätte, war mein erster Mann. Keiner der drei anderen, die später kamen, weckte in mir den Wunsch, wieder ein Leben als ständiges Paar zu beginnen. Dennoch, jedesmal sagte ich mir, daß ich den Versuch noch einmal unternehmen sollte, denn man weiß ja nie. Aber das Leben, es macht mit uns, was es will. Mein erster Mann ist gestorben, und ich frage mich noch heute, wie das geschehen konnte. Wir waren erst seit vier Monaten verheiratet, als er krank wurde. So krank, daß einem schwindelig wurde. So krank, daß man daran sterben konnte. Und es war eine schwere Zeit, als die Ärzte nichts anderes sagen konnten als: ›Wir wissen immer noch nicht, was ihm fehlt.‹ Sie müßten es doch eigentlich wissen. Ich begreife sie nicht, sind sie nun Ärzte oder nicht? Mein Mann lag krank in seinem weißen Bett. Von morgens bis abends. Tage und Tage vergingen. Da versammelte sich seine Familie und beschloß, daß er aus dem Krankenhaus geholt und zu einem Heiler in Bonabéri gebracht werden sollte. Ich stellte mich gegen diese Entscheidung, denn ich fand sie falsch. Ich sagte ihnen: ›Das hat man auch mit meiner Schwester getan. Eines Nachts entführte man sie aus dem Krankenhaus, in dem sie lag, und brachte sie zu einem Heiler, der die Krankheit angeblich in zwei Tagen von ihr nehmen würde. Statt, wie versprochen, zwei Tage, blieb sie über einen Monat dort. Und am Ende kam sie in weiße Laken gewickelt zurück. Seitdem schläft sie in ihrem Grab. Und wer weckt sie wieder auf? Euer Heiler vielleicht? Nein, ich will nicht, daß mit meinem Mann dasselbe geschieht.‹ Das habe ich ihnen gesagt. Der ganze Familienrat schaute mich an, als wäre ich eine Flamme des Unglücks. Die Jungen, die Großen, die Kleinen – alle mit demselben vorwurfsvollen Blick. Ich blieb standhaft. Ich, eine Frau. So etwas hatte man noch nie gehört. Ich sprach entschlossen und mit lauter Stimme. Eine Frau! Schließlich habe ich gesiegt und mich von ihren Drohungen nicht einschüchtern lassen. ›Wenn dein Mann im Krankenhaus stirbt, ist das deine Schuld.‹ Du weißt ja, was die Leute in so einem Fall alles reden. Aber ich gab nicht nach. Mein Mann blieb im Krankenhaus und wurde auf europäische Art behandelt. Einige Zeit später fühlte sich der Kranke besser. Und ich beglückwünschte mich schon, daß ich es gewagt hatte, dem mächtigen Familienrat die Stirn zu bieten. Ich war glücklich im Namen der neuen Generation afrikanischer Frauen, die stark genug sind, sich den rückschrittlichen alten Traditionen entgegenzustellen. Und wenn mein Mann eines Tages nach Hause käme, würde mich der Gedanke mit Stolz erfüllen, daß ich ihm sozusagen das Leben gerettet hätte. Ich wurde immer eingebildeter, je mehr sich der Zustand des Kranken verbesserte. So sind wir. Alle Menschen sind so. Aber genau dann, wenn wir uns etwas erhaben fühlen, hat das Schicksal nichts Eiligeres zu tun, als uns daran zu erinnern, daß wir in Wirklichkeit gar nichts wert sind. Eines Morgens, ohne Vorwarnung und ohne daß ein Zauberer in sein Zimmer gelangt wäre, wurde mein Mann wieder von der Krankheit erfaßt, unter der er doch seit einiger Zeit nicht mehr zu leiden schien. Und am selben Tag ist er gestorben. Dort, im Krankenhaus. Und ich, außer der Trauer, die ich empfand und die ich noch heute bei der Erinnerung an jenen Tag verspüre, fühlte mich ganz, ganz klein, im Angesicht Nyambés, Gottes, der Natur und des großen Geheimnisses, das unser Leben von seinem Anfang bis zum Ende umgibt. Natürlich machte mich die Familie meines Mannes umgehend, wie sie es angedroht hatte, für seinen Tod verantwortlich. Noch schlimmer, das Gerücht wurde in Umlauf gesetzt, ich selbst hätte ihn getötet. Daß ich eine Hexe sei. Ist ja verständlich, denn kein Zauberer hätte von außen in sein Zimmer kommen können, um ihn zu töten. Die bösen Zungen haben allerdings niemals in Betracht gezogen, daß mir all das passierte, als ich gerade einmal zweiundzwanzig Jahre alt war, und daß ich in dem Alter plötzlich Witwe wurde, als ich von meinem Mann das erste Kind erwartete. Aber warum erzähle ich dir das alles eigentlich? Ach ja, um dich vielleicht damit zu trösten, daß du nicht die einzige Frau bist, die Probleme mit den Männern hat. Wir sind viele, wir verheddern uns ständig, immer auf der vergeblichen Suche nach einem harmonischen Leben mit ihnen. Auf der Suche nach dem Glück eben ... Ich bin deine Freundin, Noëlla. Vergiß deine Sorgen für heute und verbring eine gute Nacht.«

Bei ihren letzten Worten stieß ich gerührt einen leisen Seufzer aus, dann ließ ich mich langsam vom Schlaf davontragen.

* * *

Am folgenden Morgen macht mein Vater uns einen Überraschungsbesuch. Er kommt selten zu Tante Noëlla. Er wirft ihr vor, wie eine »Frau mit mehreren Männern« allein in der Stadt zu leben. Was sie angeht, sie verachtet ihn nicht. Sie möchte nur, daß er ein für allemal begreift, daß nicht alle Männer und Frauen der Erde wie er »Diener Gottes« sind. Was aus ihnen nicht unbedingt Kinder, Freunde oder Diener des Teufels macht.

Mein Vater ist an jenem Morgen gekommen, weil er erfahren hat, daß Tante Noëlla sich gegenwärtig um mich kümmert. Daß ich nicht mehr bei Iyo in Djedu lebe. Er ist meinetwegen beunruhigt. Denn er fragt sich, wie meine Tante, die nie ein eigenes Kind hatte und die ihm vor allem moralisch nicht ganz einwandfrei zu sein scheint, dem Sohn eines Kirchenmannes eine »angemessene« Erziehung angedeihen lassen kann. Aber da er genau genommen nicht über ein Einkommen verfügt, das ihm erlauben würde, seine Kinder selbst so zu erziehen, wie er es für richtig hielte, ist er gezwungen, die wohlwollende Hilfe anzunehmen, die unsere Onkel und Tanten ihm anbieten.

»Du sorgst dich umsonst«, sagt Tante Noëlla zu ihm. »Ich weiß schon, was Muana braucht. Und Yango auch. Sie sind jetzt in der Stadt, sie gehen nicht mehr nach Djedu zurück.«

»Aber die Schule! Sie müssen zur Schule gehen!«

»Darum kümmere ich mich, sobald es Zeit dazu ist.«

»Es muß in diesem Jahr sein!«

»Wenn ich nachweisen kann, daß die beiden das für die Einschulung offiziell erforderliche Alter von zwölf Jahren haben.«

»Ach?«

Mein Vater wußte das also nicht! Yango und ich, die wir das Gespräch hinter einer Tür versteckt mit großem Interesse verfolgen, hören die Neuigkeit mit einem freudigen Lächeln. Mein Cousin ist nämlich wie ich, in dieser Beziehung jedenfalls: Auch er mag die Schule nicht. Darum machen wir uns daran, insgeheim und mit all unseren Kräften zu wünschen, daß uns das erforderliche Alter von zwölf Jahren nie erreicht. Ich für meinen Teil bleibe davon überzeugt, daß es uns niemals erreichen wird. Ich stütze mich auf die Erklärung, die Ekalé mir einst gegeben hat: »Die Jahre, da weiß man gar nicht, was das ist. Man kann sie nicht sehen und nicht berühren.« Wie will man unter diesen Umständen jemals wissen, daß ich das für die Einschulung erforderliche Alter von zwölf Jahren erreicht habe?

Doch das Gespräch ist nicht zu Ende:

»Du mußt ihnen auch eine religiöse Erziehung geben, und sie müssen jeden Sonntag in den Gottesdienst gehen. Hast du daran gedacht, Noëlla?«

»Verzeih mir, Herr Lehrer, wenn deine Bemerkungen mich zum Lachen bringen. Glaubst du wirklich, das Leben bei mir verschafft den Kindern einen fest reservierten Platz in der Hölle? Du weißt nicht, daß die Bewohner dieses Viertels jeden Sonntag in die Messe oder in den Gottesdienst gehen, um Gott zu lobpreisen. Es stimmt, ich persönlich bin kein Vorbild an Gläubigkeit, aber mach dir keine Sorgen, für das Seelenheil meiner Kinder werde ich alles Erforderliche tun. Du mußt mir vertrauen. Schau, in einigen Wochen ist Weihnachten. Ich habe die Absicht, Yango und Muana an den Feiern teilnehmen zu lassen, die zu diesem Anlaß für die Jugend der ›Baptistenkirche der Kinder des Landes‹ organisiert werden. Ist das nicht eine gute Idee?«

»Eine sehr gute Idee. Die Feier des Weihnachtsfestes wird ihnen erlauben, nach und nach in die Lebensgeschichte unseres Herrn Jesus Christus einzudringen. Im Hinblick auf ihre Taufe ist das eine hervorragende Einführung in den Katechismus.«

»Bist du jetzt überzeugt, daß ich mich um die Jungen kümmern kann? Und findest du es nicht seltsam, daß sie von selbst zu mir gekommen sind? Als ob sie geahnt hätten, daß es ihnen hier gut geht. Ich glaube, der liebe Gott selbst hat sie hergeführt.«

»Hmm … Auf gewisse Weise vielleicht, ja.«

»Wenn das so ist – lassen wir dem Himmel seinen Willen. Du weißt selbst, daß die Wege des Herrn unergründlich sind.«

Ich weiß nicht, ob mein Vater, als er heute morgen herkam, geahnt hat, daß eine Frau mit »schlechtem Lebenswandel« ihm ins Gedächtnis rufen würde, wie unergründlich die Wege des Allmächtigen sind. Aber er muß zugeben, daß sie es wirklich sind.

Tante Kessi hat dieser Zusammenkunft mit vorbildlicher Zurückhaltung beigewohnt. Sie, die wir so gesprächig kennen, hat kein einziges Wort gesagt. Sie hat sich erhoben, hat Tee zubereitet und ihn »wie zur Zeit der Deutschen« mit dicken, harten Biskuits serviert. Wir haben gegessen und getrunken. Danach hat sich mein Vater verabschiedet, nicht ohne Yango und mir vorher aufgetragen zu haben, immer schön brav zu sein. Etwas später nehme ich meinen Cousin zur Seite und ärgere ihn ganz leise:

»Wie gut für dich, daß Tante Noëlla nichts über deinen Diebstahl neulich auf dem Markt gesagt hat.«

Der freche Bursche antwortet schlagfertig:

»Gut für sie selbst, daß sie nicht davon gesprochen hat. Sonst hätte ich erzählt, daß sie sich erst gestern hier mit einem Mann geschlagen hat und wir die ganze Nacht Angst hatten.«

»Wenn du das erzählt hättest, hätte ich aller Welt gesagt, daß du das gesamte Essen neulich gestohlen und das übriggebliebene Geld für dich behalten hast und daß ...«

»Und wenn du weiter Geheimnisse verrätst, na gut, dann bringe ich dich eben um, so wie Ekualla Paa Mpédi umge ...«

»Nein, nein! Du bringst mich nicht um, das kannst du nicht! Wir sind hier in der Stadt, nicht in Djedu. Hier gibt es keine großen Steine.«

Yango fängt an zu lachen.

Zu lachen und sich über mich lustig zu machen. Fast hätte ich geweint, wäre da nicht die unerbittliche Erinnerung an den Tag gewesen, als Ekalé und ich ... »Du bist jetzt ein Mann, Muana«, hatte sie gesagt. Diese Worte klingen in mir wider wie ein absolutes Verbot, je wieder den Tränen nachzugeben. Allerdings wird mein langgehegter Wunsch, so schnell wie möglich erwachsen zu werden, jetzt immer stärker von einer anderen Überlegung verdrängt: Wenn ich etwas zu offen zeige, daß ich gar kein Kind mehr bin, laufe ich Gefahr, gleich in die Schule geschickt zu werden, ohne daß nachgeprüft würde, ob ich das erforderliche Alter von zwölf Jahren habe. Ich muß zwischen den gegensätzlichen Wünschen, die in mir wohnen, ein Gleichgewicht finden. Eine Form des Zusammenlebens zwischen widersprüchlichen Gefühlen finden, von denen ich doch die einen so vollständig und elegant ausdrücken möchte wie die anderen. Ach ... Vielleicht ist das Leben komplizierter, als es mir schien. Das sind meine Gedanken auf der Schwelle zu den kommenden, unvermeidlichen Kompromissen. Meine Gedanken! Ich, der ich soviel Zeit damit verbracht habe, die Zeit anzuflehen, mich auf der Stelle groß werden zu lassen!

14

»Sag mir, was du über Weihnachten weißt.«

»Das ist die Geburt des Erlösers«, antwortet Yango.

»Welches Erlösers?«

»Ich weiß nicht, Muana. Der Erlöser ist der, der die Menschen rettet. Wenn du stirbst, rettet er dich. Wenn du krank bist, rettet er dich. Und selbst wenn du etwas getan hast, das man nicht tun darf, rettet er dich.«

»Was darf man nicht tun?«

»Ich weiß nicht, aber ich glaube, man muß Gutes tun. Ich erkläre es dir. Schau, zum Beispiel, wenn du einen Keks hast und ich habe Hunger, dann gibst du mir deinen Keks, und ich esse ihn. Dann hast du Gutes getan.«

»Und wenn ich auch Hunger habe?«

»Dann nimmst du meinen Keks und ißt ihn.«

»Aber wenn du doch keinen Keks hast?«

»Aber sicher! Ich habe einen, weil du mir gerade einen gegeben hast.«

»Ja, aber das ist dann doch nicht dein Keks, sondern meiner!«

»Stimmt, aber du selbst hast ihn mir gegeben.«

»Damit du ihn ißt. Weil du Hunger hast.«

»Und warum willst du ihn dann zurück?«

»Weil du ihn nicht gegessen hast.«

»Ah, nein! Gutes tun heißt, zu geben, ohne zurückzunehmen, was man gegeben hat. Du darfst mir einen Keks nicht wieder wegnehmen, nur weil ich ihn nicht gegessen habe. Wenn du ihn zurücknimmst, tust du Schlechtes. Und wenn du Schlechtes tust, vergibt dir der Erlöser nicht.«

»Lügner, er vergibt mir immer. Du selbst hast vorhin gesagt, daß der Erlöser alle Menschen rettet, selbst wenn man getan hat, was man nicht tun darf.«

»Du hast recht, Muana. Er vergibt immer. Sieh mal, zum Beispiel, wenn du sehr großen Hunger hast, wenn du sogar vor lauter Hunger dem Tode ganz nahe bist, dann kannst du fragen, ob ich dir etwas zu essen geben kann: eine reife Mango, eine Avocado, Reis oder dicke, harte Biskuits ›wie zur Zeit der Deutschen‹ oder Fleisch oder Fisch. Du kannst mich um all das bitten, um nicht vor Hunger zu sterben.«

»Ja, und du gibst mir gleich etwas zu essen. Das heißt Gutes tun, das verstehe ich.«

»Aber ich kann mich auch weigern, dir etwas zu essen zu geben, selbst wenn ich sehe, daß du vor Hunger sterben wirst.«

»Yango, wenn du das tust, straft dich der Himmel, denn das will der Erlöser bestimmt nicht.«

»Nein, so ist es ganz und gar nicht. Ich werde gerettet. Mir wird vergeben. Wenn ich dir doch sage, daß der Erlöser immer vergibt!«

»Und ich, wenn ich dich so verhungern lasse, vergibt mir der Erlöser das auch?«

»Muana, ich glaube, der Erlöser fände es überhaupt nicht gut, wenn du mich verhungern läßt. Das würde er dir bestimmt niemals vergeben. Denn du mußt dem anderen immer Gutes tun, selbst wenn der andere dir das Gute nicht erwidert, das du ihm tust.«

Die Entschiedenheit, mit der mein Cousin über all diese Dinge zu mir spricht, taucht mich in endlose Gedanken. Weihnachten. Die Geburt des Erlösers. Yango wird immer Vergebung finden, was er auch tut. Und ich werde bestraft, wenn ich ihn verhungern lasse. All das wirbelt durch meinen Kopf. Gerettet ...

»Aber wovor eigentlich gerettet, Yango?«

»Wovor, wovor ... Vor dem Tod eben! Möchtest du vielleicht sterben? Würde es dir gefallen, beerdigt zu werden, und die Termiten fressen deinen Körper vom Kopf bis zu den Füßen auf? Und nichts bleibt von dir übrig? Willst du das etwa?«

»Au, die Termiten!«

»Sie fressen alle Menschen, die beerdigt werden.«

»Auch die, die gerettet sind?«

»Nein, die natürlich nicht. Die Geretteten rühren die Termiten nicht an, das ist verboten. Du siehst, man muß alles tun, um gerettet zu werden. Man muß alles im Namen des Erlösers tun. Denn wenn er nicht da wäre, würden wir alle am Ende unseres Lebens von den Termiten gefressen werden. Jetzt hast du begriffen, warum man Weihnachten die Geburt des Erlösers feiert.«

Yango weiß viel. Wo und wie hat er das alles gelernt? Ich bewundere ihn jeden Tag mehr. Ganz ehrlich. Auch wenn er mir ohne Grund weh tut.

Wir gehen weiter in Richtung des großen Marktes. Heute führt unser Weg nicht über den *Boulevard maritime*, was mir andere Ansichten der Stadt zu sehen erlaubt, die mein Cousin und Führer natürlich schon kennt. Wo und wann hat er das alles nur gelernt? frage ich mich wieder.

Die Stadt.

Die Häuser. Sehr große und weniger große. Schräge Wellblechdächer. Gelegentlich merkwürdige Häuser ohne Dach. Weiße Mauern locken die Sonne an. Füßgänger. Fahrradfahrer. Viele Menschen. Eilige Menschen, Gaffer, Bettler, Kinder, Alte. Spieler warten mit ihren Karten auf im voraus gefälschte Wetten. Polizisten, fliegende Händler, Automobile. Eins, zwei, drei, zehn, zwanzig, fünfzig. Hundert Klänge, zahllose Dünste und Gerüche. Rufe. Pfiffe. Schiffssirenen, die verschiedenartigsten Melodien. Schöne Kleider, Lumpen, Festtagsganduras, Pagnen in tausend Farben, europäische Anzüge, die in der feuchten Hitze schwer auf die Probe gestellt sind. Geschäfte, Bars, eine Apotheke, der Wasserturm auf seinem eindrucksvoll hohen eisernen Gerüst, unauffällige Kirchen, eine stolze, weiße Kathedrale, steinige Straßen, Staub, soviel man will, ganz ungewöhnliche Eisenbahnschienen, der fröhliche Bahnhof, mürrische Waggons, der Hafen mit seinen Schiffen und Kränen.

Die Stadt – ein einziges Flimmern.

Ein nie endendes Schauspiel, in dem der große Markt einem krönenden Schlußakt gleicht.

Die riesigen Hallen wimmeln von Menschen. In ihrem überdachten Teil stehen lange Reihen Geschäfte und Stände. Dann unter freiem Himmel ein großer Platz, der sich am Ufer eines vom nahen Hafen herkommenden Flusses entlangzieht. Auch er übersät mit Ständen und Waren aus allen Himmelsrichtungen, erfüllt von einem unbeschreiblichen Lärm und dem unablässigen Kommen und Gehen der Menschenmenge.

Erstaunlich die außerordentliche Vielfalt der Gegenstände, die Stände und Läden dem Käufer anbieten: von Hosenknöpfen, Gartenschläuchen, Schulbedarf und Eisenwerkzeugen über Luxusgegenstände wie gerahmte Bilder, Sonnenbrillen oder Armbanduhren hin zu Kleidung und Möbeln. Da viele Läden ähnliche Artikel verkaufen, müssen die Händler ununterbrochen Kunden herbeilocken. Zugleich müssen sie ihre Stände bewachen. Ein gutes Tagesergebnis ist eng an diese beiden Bedingungen gebunden, die manchmal schwer gleichzeitig zu erfüllen sind, vor allem, wenn man das Geschäft allein betreibt. Das hindert einige Händler anscheinend nicht, gewaltige Summen zu verdienen.

»Auch deswegen ist der Markt wirklich aufregend«, sagt Yango.

Ich lese Begeisterung in seinem Blick, während er mir diese für mich ganz neuen Dinge erklärt.

»Wärst du auch gern Händler auf dem Markt?«

»Oh ja! Ich würde gern viel Geld verdienen. Und ich möchte auch alles besitzen, was es zu kaufen gibt. Schau es dir an! Wenn ich so viele schöne Dinge sehe, kriege ich Lust, sie alle mitzunehmen.«

»Aber Yango, diese schönen Sachen gehören dir nicht! Du darfst sie nicht mitnehmen ...«

»Ach, ich weiß. Ich könnte sie auch gar nicht alle mitnehmen. Aber ich bin sicher, auch dich läßt nicht kalt, was wir hier alles vor uns sehen. Wenn ich dir eine Taschenuhr wie die da schenken würde ... Schau hin, die da genau vor dir ... Wenn ich sie dir schenken würde, dann würdest du sie doch nehmen, oder?«

»Ja, aber du kannst sie mir nicht schenken. Weil du sie nicht kaufen kannst.«

»Ach, ich brauche sie nicht zu kaufen. Ich brauche sie nur da wegzunehmen. Ich meine, sie zu leihen.«

»Nein, Yango, fang nicht wieder an, Sachen auf dem Markt auszuleihen. Tante Noëlla hat dir neulich gesagt, daß das nicht leihen ist, sondern stehlen.«

»Ja, aber sie weiß auch nicht, daß ich Lust habe, diese Uhr da zu haben. Und daß es ganz einfach ist, sie mitzunehmen. Ich zeige dir, wie man das macht. Du beobachtest den Händler, du wartest, bis er mit einem Kunden spricht, währenddessen hältst du deinen Arm zum Ausstrecken bereit. Siehst du, so ... Du beobachtest die ganze Zeit den Händler. Du läßt ihn nicht aus den Augen. Und während dieser Zeit bereitet sich dein Arm darauf vor, auf die Uhr zu springen. Du stehst da, du siehst alles, aber niemand weiß, daß du etwas tun wirst. Außerdem halten dich alle nur für einen kleinen Jungen, der niemandem weh tut.«

»Mein Herz rast, Yango!«

»Vergiß es. Sag ihm, es soll still sein.«

»Das ist nicht richtig, Yango.«

»Was ist nicht richtig?«

»Stehlen. Ich bin sicher, der Erlöser mag das nicht.«

»Hör zu, Muana, du hast nichts verstanden. Wenn du diese Uhr stiehlst, um sie mir zu schenken, zu Weihnachten zum Beispiel, dann wird der Erlöser sehr zufrieden mit dir sein. Schenken heißt Gutes tun. Und der Erlöser will, daß du immer Gutes tust. Also?«

»Yango!«

»Schrei nicht, sonst denken die Leute, es passiert etwas. Es ist nicht nötig, die Aufmerksamkeit auf uns zu lenken. Komm, stell dich hier an meinen Platz. Komm schnell, ich bring es dir bei.«

»Yango!«

»Ja, stell dich da hin und beobachte den Händler. Beobachte ihn genau. Laß ihn nicht aus den Augen. Ja, genau so.«

»Yango, man darf nicht...«

»Ich sage dir doch, wenn du diese Uhr nimmst, um sie mir zu schenken, dann ist der Erlöser sehr zufrieden mit dir, denn du tust Gutes in seinem Namen. Los jetzt, der Händler ist mit einem Kunden beschäftigt. Los, Muana! Nimm die Uhr! Nimm sie, im Namen des Erlösers! Na also. Gib sie mir, gib sie mir, hauen wir ab, du warst großartig, siehst du, es ist ganz leicht, hauen wir ab, schnell, schnell, wie schön sie ist, hauen wir ab.«

Mit klopfendem Herzen nehme ich Reißaus. Yango ist gleich hinter mir.

Unglücklicherweise alarmiert gerade unser Weglaufen die Leute. Nach der Lektion im Stehlen, die mein Cousin mir gerade gegeben hat, muß ich jetzt lernen, daß man dich auf einem Markt, wenn du rennst, ohne Umschweife verdächtigt, etwas angestellt zu haben. Und alle rennen hinter dir her, um dich einzufangen. Dieses wichtige Detail kannte mein Cousin aller Wahrscheinlichkeit nach nicht, so intelligent er ansonsten in seiner Art ist. In wenigen Augenblicken ist es uns gelungen, eine ganze Meute von Verfolgern auf den Fersen zu haben.

Yango hat keine Chance. Sein Klumpfuß ist ganz entschieden ein ernstes Handicap. Bald wird er eingeholt. Er wird festgehalten und der Polizei übergeben, zumal er die gestohlene Uhr bei sich trägt. Ich selbst rette mich durch eine verrückte Unvorsichtigkeit aus der Situation. An dem Bahnübergang, der an dieser Stelle keine

Schranke hat, überquere ich die Bahngleise unmittelbar vor einem ankommenden Zug. Alle, die es sehen, zittern vor Angst. Alle glauben, ich würde den Tod finden. Meine Verfolger werden von der langen Reihe der Waggons aufgehalten, die ganz langsam in den Bahnhof einfahren. Dank dieser gedankenlosen Unvorsichtigkeit und der unerwarteten Beihilfe des Zuges findet das Wunder, das ich bin, genügend Zeit, sich zwischen den ungläubigen Gaffern hindurchzuschlängeln, die mich für meinen eigenen, soeben dem Grab entstiegenen Geist halten. Ich renne noch einen Augenblick, dann werde ich wieder irgend jemand in der Menge. Schnell, ich muß rasch Tante Noëlla von dem benachrichtigen, was geschehen ist.

* * *

Ich habe alles erzählt. In allen Einzelheiten.

Die Familie ist bestürzt. Zwei ihrer Kinder zeigen derart abscheuliche Seiten!

Iyo selbst kommt von Djedu in die Stadt, um mir Vorwürfe zu machen. Ihr Herz ist völlig aufgewühlt, und ihre Augen stehen voller Tränen.

»Muana ...!« ruft sie, als sie mich wiedersieht.

Sonst nichts.

Von selbst begreife ich ihren Schmerz und ihren Vorwurf.

»Iyo, ich tue das nie wieder.«

Ich gebe mein Versprechen mit niedergeschlagenen Augen.

Und ich, der ich seit Jahren davon träume, ein Erwachsener zu werden, bin plötzlich ganz glücklich, wie das kleine Kind weinen zu können, das ich für meine bewunderungswürdige alte Freundin immer geblieben bin. Nur Kinder kennen die Seelenruhe der Tränen.

Dank Tante Noëllas vielfältiger Beziehungen und Freunde verbringt mein Cousin Yango nur eine einzige Nacht im Gefängnis, doch er wird sich sein ganzes Leben lang an sie erinnern.

Was mich angeht – Paa Franz hat sich beeilt, seine furchtbare Drohung auszuführen. Ich gehe jetzt zur Schule. Um Lesen, Schreiben und Rechnen zu lernen. Wie mein Onkel es gewollt hat. Genau genommen konnte in der gegebenen Lage nur ein vollständiger Gehorsam mich in den Genuß mildernder Umstände bringen.

Unser Lehrer trägt eine Armbanduhr an seinem Handgelenk. Mehrmals am Tag schaut er darauf. Ich bin davon überzeugt, daß die Zeit nur aufgrund dieses kleinen Geräts vergeht. Unbekümmert der Fluten, die, in der Ewigkeit verankert, ihr mit ihrem Kommen und Gehen den Rhythmus einer langen, stets neuen Geschichte ohne Datum und Stundenplan geben. Die kleine Armbanduhr läßt uns in das Klassenzimmer eintreten und sagt uns, wann wir wieder hinausgehen sollen. Seitdem sie begonnen hat, auf diese Weise unser Leben zu ordnen, hat die Zeit, ohne irgend jemanden zu fragen, einen wahren Aufschwung gemacht. Lachhaft und traurig zugleich. Selbst bei Sonnenschein unendlich viel weniger schön als einst. Auch weniger beruhigend als das unausschöpfliche Wasser des ruhigen Flusses. Und vor allem nun traurigerweise dieser völligen Sorglosigkeit beraubt, die die Kindheit in Djedu so glücklich machte.

Seither, auch wenn es meiner guten Großmutter mit ihren uralten und wunderbar lächlenden Falten mißfällt, vergeht die Zeit ganz bestimmt. Der Unterricht beginnt morgens um acht Uhr. Man darf nicht »zu spät« kommen. Ich verstehe nicht ganz, was das bedeutet, und daran gewöhnen werde ich mich, glaube ich, nie.